愛内なの
illust: あきのそら
転生アラフォー領主様は
ハーレムつくって
静かに暮らしたい
知識と権力で
のんびりスローライフ！
KiNG novels

美しき若妻
エルナ
エルフ族の幼妻
レナータ

ノンビリ生きたい領主
クラウス・フォン・アーベライン
王家からの押しかけ妻
ゲルトルーデ

「あっ、んっ、旦那様ぁっ！」
蠕動する膣内を、いきなりの激しい腰使いで犯していく。
エルナのアソコに、ご主人様のカタチをしっかりと刻み込んでいった。
「あぁっ、やぁっ！　旦那様、いきなりそんなに奥まで
ぐりぐりしちゃダメぇっ！　イク、イっちゃいますっ！
旦那様の子種汁、私の子宮にいっぱい注いで下さいっ」
はしたない彼女の懇願に、俺は猛った肉棒で応えた。
蜜壺をかき回し、子宮口に荒々しいキスをする。
「旦那様のおちんぽ、赤ちゃんの部屋を
ゴンゴンノックしてますっ」

転生アラフォー領主様はハーレムつくって静かに暮らしたい

～知識と権力でのんびりスローライフ！～

愛内なの
illust：あきのそら

KiNG novels

転生アラフォー領主様はハーレムつくって静かに暮らしたい

contents

第一章 転生地方領主の日常 —— 3
第二章 エルフの森のレナータ —— 72
第三章 末姫ゲルトルーデの襲来 —— 143
幕間 Girl's talk? —— 209
第四章 転生アラフォー領主のハーレムライフ —— 215

第一章　転生地方領主の日常

「おはようございます、旦那様」

透き通る声が優しく降り注ぎ、俺を起こす。

しなやかな手が控えめに俺の体を揺するのにあわせ、意識はぼんやりと浮上していった。

「おはよう」

「はい、おはようございます」

目を開けた俺の視界に飛び込んできたのは、柔らかく微笑む美女の姿だった。

長い黒髪に、包み込むような優しさを湛《たた》えた容姿。

彼女はエルナ。俺の妻だ。

「では、先に食堂へ行ってますね。二度寝しちゃ、ダメですよ？」

「ああ、わかってるよ」

体を起こし、微笑みを返しながらそう答える。

すると彼女は、そっと俺にキスをした。

柔らかな唇が一瞬だけ触れ、すぐに離れる。

「んっ……」

今度は俺のほうからキスをして、最後にまた、もう一度キス。

エルナは満足そうな顔になると、そのまま部屋を出た。

その綺麗な後ろ姿を見送り、俺は目をこすった。

軽くのびをして、本格的に体を目覚めさせていく。

するとすぐにメイドが現れ、俺の服を用意してくれる。

俺は着替えながら、窓の外へと目を向けた。

日本では考えられないような、広大な土地。

中世ファンタジー風の街並みと、その向こうの草原。そして高く雄大な山々。

俺が暮らす、アーベライン伯爵領の景色。

見慣れているはずのその景色は、それでも美しく感じる。

王都から離れた辺境の地であり、これといった特徴のない土地だ。

流行にも疎《うと》く、のんびりとした町。それが今の俺にとっては、慣れ親しんだ故郷だった。

もし功名心があれば、一旗揚げようとこの土地を離れて、王都を目指すのかもしれない。

あるいは元日本人としての知識を遺憾《いかん》なく発揮し、辺境の地を最先端の技術都市にするのかもしれない。

けれど、俺はこの土地で静かに暮らしていくことを選んだ。

クラウス・フォン・アーベライン。

アーベライン伯爵家の息子として転生した俺は、今や領主として堅実に、この土地を治めている。

今でも、たまに夢なんじゃないか、と思う。

元々ただのサラリーマンだった俺は、気がつくとクラウスとして転生していた。

異世界への転生だと気付いた俺の頭には当然、大活躍するビジョンが見えた。

だが、すぐにそれを思い直す。

英雄として活躍するのも、確かに心躍る人生ではあるだろう。

しかしそういった人生には、様々なやっかいごとがつきまとう。

例えば、俺の力を狙った貴族の擦り寄り。多くの嘘や謀略が渦巻き、俺を利用しようとする相手と本当の仲間を、見分けていかなければならない。

老獪な貴族を相手取って、相手のフィールドでうまく立ち回るのは、できたとしてもかなりの大変さを伴うだろう。王族の後ろ盾でもあれば別かもしれないが、伯爵くらいだと、下手をすれば神輿として都合良く担がれてしまうかもしれない。

他にも、注目されすぎてどこへ行っても自由に身動きが取れないとか。

今は辺境の一領主だから、さほど気を使わずに出歩くことができる。領主という肩書きの大きさは誰でも知っているが、ネットどころか写真も普及していないこの世界では、俺の顔を知っている者は少ない。

領主として行動するときは通常、多くの護衛や役人を連れ歩く。

その大仰さで、領主が来ているのだと庶民に知らしめるのだ。

だから、人気者で多くの似顔絵が出回るような名君や騎士は、どこへ行っても注目されてしまう。

この世界で、誰もが顔を知っている人間というのが珍しいからこそ、注目も集まってしまうのだ。

そして最後にはきっと、大きな力が邪魔だと思われ、体制側から狙われるかもしれない。

そこまで含めてもなお目立ちたい、活躍したいというなら、それもいいだろうが俺は違った。

貧しく、身一つの生活……とかならまだしも、地方とはいえ伯爵家の嫡男だ。

しかも争っている国などはなく、派手な魔族の侵攻もない。

おとなしくそれなりに領主としての責務をまっとうしていれば、この世界基準では、何不自由ない暮らしが送れる身分だった。

現代知識は、もちろん役に立つだろう。上手く使っていきたい。

だが大活躍などはせず、地味にのんびりと二度目の人生を生きよう。

生まれたばかりの俺は、そう決意したのだった。

そして数十年。

俺は無事に、地味で目立たない地方領主クラウス・フォン・アーベライン伯爵として、ゆったりとした暮らしを送っている。大成功だ。

「よし。これからも地味に、のびのび生きるぞ」

伯爵家の長い廊下を歩きながら、俺は改めてそう決意したのだった。

まあ、決意したからといって、何を始めるわけでもないんだけどな。

伯爵としての仕事は、主に書類へのサインと役人への指示だ。

許可のサインはするが、具体的な指示は上位の役人に直接下すだけ。そこからその役人が、更に下の役人を指揮することになる。

だから領主の位置からは、実際に動く下級役人たちの状況をわかるはずもなく、結果としてふわっとした、お飾りの指示を飛ばすだけにとどまる。

事細かに口を出すタイプの領主もいるが、そういうのは目立ちたい少数派だ。

それに、十分に優秀な地元の役人を抱えていれば、世襲に過ぎない領主家が口をはさむより、ずっとうまくやってくれる。

そんなわけで、平凡な領主を自認するところの俺はいつも、ふわっとした指示にあえてとどめるのだった。

領民が飢えることなく暮らせるのなら、それ以上は望まない。

もちろん領内をできる限り発展させてほしい、もっと上を目指してほしい、という民もいるだろうが、欲望というのは際限のないものだ。

知識フル活用のチートで領地を発展させていっても、もっともっと便利にしたい、豊かになりたいと、必要以上に望んでしまう気がする。

ひたすら欲望のまま上を目指すのは、確かに発展に寄与するかもしれない。しかし同時に視野が狭くなり、目的も忘れて、ただ富を積み上げるだけになりがちだ。

なにより……俺がとても疲れるだろう。

隣の芝生よりも青く、と階段を駆け上がっていくよりも、ゆったりと自分の庭を愛でていればいい。

この世界のせっかくの牧歌的な光景を、近代的にしてしまう必要もないだろう。

活かす知識と、あえて使わない知識を分けるべきだ。

そう考えて、俺はあまり過度の発展を目指さず、領民が飢えないように、事故がないように手入れをする程度にとどめていた。

たとえば、生活が便利になるよう入れ知恵をすることはあっても、それも俺が主導するのではなく、研究者たちにそれとなくヒントを出して、彼ら自身に思いついてもらったりした……とかで。

そうして、俺はあくまで平凡で善良な一領主として、目立つことなく領地を治めている。

領民の暮らしに不便がないか様子を探らせている役人の話によると、俺への評価は「可もなく不可もなく。優れてはいないが、悪政も敷かない悪くない領主」というところらしい。

理想的なところだろう。

不便が起こらぬよう、ある程度先に手を打っている甲斐があるというものだ。

俺の一日の労働時間は、五時間ほどというホワイト具合。これもまた、理想的な暮らしだ。

前世の日本では、残業時間が五時間、なんてこともあったしな……。

そんな嫌なことを頭から追い払い、俺は書類へのサインを続けるのだった。

†

仕事を終えた俺は今日も、妻であるエルナとの食事を楽しむ。

とはいえ、貴族のマナーとして、あまり食事時に歓談するものでもない。

商家の出身であるエルナは、騒がしく食事をして距離を縮める、というやり方も知ってはいたものの、控えめな性格もあって、そういったことができるタイプではなかった。

元日本人の俺よりも、彼女のほうが貴族としての振る舞いに違和感がない。

食事を終えた俺は一度彼女と別れ、風呂に入る。

のんびりと湯浴みを終えて寝室にいると、程なくしてエルナが入ってきた。

「旦那様」

ふたりきりになると、彼女は笑みを浮かべながら俺に寄り添う。

風呂上がりで石鹸の匂いがする彼女は、その温かな肌をくっつけながら、俺を見つめた。

湯上がりで赤く染まった肌が艶めかしい。

朝も起こしてくれた妻のエルナは、俺よりもだいぶ年下だ。

整った綺麗系の顔でありながら、内面の奥ゆかしさが現れる容姿は男心を実にくすぐる。

おしとやかで相手を立てる振る舞いも人気で、どこぞの貴族令嬢だと思い込んでいる人も多いくらいだった。

そのせいで、「冴えない地方領主には過ぎた奥方だ」と、妬みの言葉が囁かれているのも知っている。

実際、俺自身でもそう思う。

彼女の実家、領内の商家を狙う悪党を退治した縁がなければ、彼女と俺が出会うこともなかっただろう。

エルナの頬を優しく撫でる。

彼女はうっとりとした顔つきになり、俺の手に自らの掌《てのひら》を重ねた。

華奢な手が愛おしそうに俺の甲を撫でる。

「今日はずいぶん早かったね」

「はい……あの、少しでも長く、旦那様に触れてほしくて」

彼女は潤んだ目で、上目遣いに俺を見た。

まだ二十歳になったばかりの若妻は、しかし妖艶な雰囲気をまとっている。

控えめでおしとやか、奥ゆかしい美人。それも確かに、彼女の評価として正しい。

しかし、俺だけが知っている彼女の顔もある。

「ね、旦那様……今日もいっぱい、してくださいね……」

彼女の指が俺の服をはだけさせ、胸を擽る。

肌の上を這う指は、焦らすように下へと降りていった。

夜の彼女は、とても淫らだ。

細い指が腹筋をなぞる。

くすぐったさと気持ちよさに彼女を見ると、背伸びをした彼女が唇を寄せてきた。

「ん、ちゅっ……れろっ」

柔らかな唇が触れ、そのまま舌が割り入ってくる。

積極的な彼女を迎えるように、こちらもその舌を絡め取り、愛撫した。

「じゅるっ……れろ、ちゅっ……」

舌が絡みあい、唾液が水音を立てる。

ちゅぷ、ちゃぷっ、とはしたない音が静かな部屋に響く気がした。

互いの舌を貪るようなキス。

「んっ……旦那様ぁ……」

エルナが甘い声を出し、潤んだ瞳で俺を見つめた。

淫靡なその姿は、俺を滾《みなぎ》らせる。

彼女はギュッと抱きついて、体を押しつけてきた。

豊満な胸が密着して、いやらしく形を変える。

彼女が、腰を突き出すようにして動かした。

ズボンの中で膨らんだ俺のものを、わざとらしく刺激してくる。

「エルナは、いやらしいな」

彼女の耳元でそうささやくと、顔を真っ赤にしながら、こくん、と頷いた。

「はい。エルナは旦那様のことが大好きな、エッチな女です」

エルナはまた、ねだるように腰を動かす。

それは俺の欲望を存分に昂ぶらせ、誘導する。

情けをねだる彼女は紛れもなく俺に支配されており、その淫らな姿が欲望を支配する。

俺は彼女を抱き上げると、ベッドへと移動した。

「ん、ちゅっ……れろっ」

お姫様抱っこで運ぶ最中も、エルナは俺に抱きついてキスをしてきた。

そしてゆっくりとベッドに下ろすと、服を脱がせていく。

はじめからそのつもりだったということもあり、彼女の服は脱がせやすい構造だった。

またたく間にその白く透き通った柔肌が晒される。

一糸まとわぬ姿になったエルナは、反対に俺の服へと手をかけた。

「旦那様のここ、もうこんなに大きくなって……苦しそうです」

そう言いながら、彼女がズボン越しに肉棒を撫でる。

一度撫で始めると、その手は離れず、愛おしそうに膨らみを愛撫し続けていた。

「エルナ……」

「っ！」

声をかけると、彼女ははっとした顔になり、俺のズボンを脱がしにかかる。

無意識にペニスを撫で続けるなんて、ずいぶんとエッチな子になってしまったものだ。

それも、夫婦として重ねた夜の成果だった。

「はぁ……旦那様、こんなにガチガチになって……ちゅっ」

エルナは飛び出た肉棒に、優しくキスをしてくる。

先程まで唇同士でしていた貪るようなものではない、慈しむような、触れるだけのキスだ。

いきり立った肉棒に淡い快感が走り、ぴくりと跳ねる。

「ふーっ、ふーっ」

彼女がその肉竿に息を吹きかける。

くすぐったいような、心地良いような風に吹かれ、俺は彼女を見つめた。

「旦那様の熱いおちんぽ、まずは私の口で味わわせていただきますね。はむっ」

彼女は肉竿の先端を小さく咥えた。

そして流れる髪を耳へとかけながら、軽く口を上下に動かし始める。

ぴっとりと肉竿に触れるエルナの口は、カリの部分を通るときに大きくこじ開けられ、また狭く戻っていく。

「にゅるっ……れろ、ちゅるっ……」

ぬるぬると動き、彼女の口から出入りする肉棒。

「れろっ、ちゅぶっ……旦那様、気持ちいですか？」

「ああ、エルナの唇がぴったりくっついてきて、ぐっ……」

緩やかながらも、彼女の口淫はねっとりと俺の肉棒を刺激してくる。

そんなゆったりとした口の動きとは対象的に、中では舌がチロチロと小刻みに動き、亀頭部分に快感を送り込んできていた。

「れろれろれろっ、ちゅるっ、じゅぶっ！　旦那様のおちんぽが口いっぱいに、んむっ、れろっ、じゅぅぅっ！」

「うっ、エルナ……」

段々と激しくなるフェラチオをうけながら、俺は彼女の頭を撫でる。

さらさらの髪を心地よく撫でていると、気持ちよさそうに顔をほころばせた彼女が、更に強く吸いついてきた。

「れろっ！　じゅぶじゅぶっ！　じゅるるっ！」

下品な音を立てながら、肉棒をバキュームしていく。

吸い出されるような快感に、吐精欲が高まってきた。

「れろっ、旦那様の先っぽから、れろっ……先走り汁が溢れてきてます。ちゅぅっ」

彼女の口は、我慢汁をどんどんと吸い出していった。

エルナの顔はすっかりとろけている。フェラチオをしながらも感じている彼女は、一生懸命に奉仕を続けていた。

「れろっ、裏筋も……じゅるっ、この後ろ側も、れろっ……」

「うぁ……」

俺の弱点を知り尽くしたエロ妻は、的確に射精へと導いてくる。

「あむっ、じゅるっ、れろっ……旦那様ぁ……私の口で気持ちよくなって、じゅぶっ、たくさん出してくださいね」

前後に顔を動かしながら、彼女が俺を見上げる。

肉棒を咥えた、はしたない顔になってもエルナは綺麗だった。

そんな彼女が、必死になって俺の肉棒をしゃぶっている。

「ぐっ、でるぞっ」

「はいっ！　私の口の中に、旦那様の精液、いっぱいだしてくださいっ！　れろ、じゅぶぶぶっ、じゅるっ、じゅぞぞぞぞっ！」

ドピュッ！　ビュクッ、ビュルルルルッ！

「んぶっ、んぐっ、れろっ……じゅるっ」

愛妻の口内に思いっきり射精した。

白濁液は彼女の口をふくらませるほどに飛び出し、その口内を犯していく。

「はむっ、じゅ、んくっ……」

吐き出された精液を、彼女は嬉しそうに飲み込んでいった。

味がいいわけではないだろうから、おそらく俺を気持ちよくした証、ということなのだろう。

愛しさが溢れ、また彼女の頭を撫でる。

「んぐっ、ちゅぅっ」

それに応えるように、彼女が軽く肉竿を吸った。

射精直後ということもあり、痺れるような快感が腰のほうへと抜けていく。

「ちゅぽんっ……旦那様」

精液を飲み下し、肉棒も綺麗にした彼女が、潤んだ瞳を俺に向けた。

彼女の若くしなやかな肢体。その腰辺りに目を向けると、溢れた蜜がシーツを濡らしているのがわかる。それを見つけられたエルナは恥ずかしそうな、何かを期待するような目で俺を見つめた。

「エルナ、四つん這いになって」

「はいっ」

俺の指示に、彼女は嬉しそうに頷く。

そしてすぐさまベッドの上で四つん這いになり、その丸いおしりを俺へと突き出した。

無防備に突き出されるおしりと、その下で興奮を露《あらわ》にしている秘裂。

彼女のそこはもううるみを帯びており、肉棒を求めひくついていた。

フェロモンを溢れさせるメスの花。

その可憐で艶めかしい部分に、俺の目は吸い寄せられる。

「んっ、旦那様、その、恥ずかしいので、あまり見ないでくださいね」

視線を感じたのか、エルナはそう言って軽く体を動かした。

それでも、足を閉じることはしない。

大切な部分は晒したまま、快感を待ちわびている。

「なにを今更。れろっ」

「ひゃうっ！　あっ、んっ……！」

俺がそこへと口を寄せ、彼女の割れ目を舐めあげると、びくん、と可愛く体が震えた。

エルナは手にぐっと力を込めて、おしりを突き出してくる。

そのおしりを掴み、秘所へと顔を埋める。

舌を伸ばし、割れ目にかるく潜り込ませた。

膣襞が舌を絡め取ろうと動いてくる。

熱くぬめった膣内に舌を出し入れし、そこから抜くと今度は淫芽へと押し当てる。

「ひうっ、あぁ……旦那様ぁ、早く挿れて下さい。じゃないと、んぁっ」

「わかったよ」

蜜を零しながら言うエルナに頷くと、俺は体を起こし、その屹立した分身を彼女へとあてがう。

そして先端を軽く挿入して狙いをつけ、一気に奥へと押し込んだ。

「んはぁぁぁああっ！」

体を震わせて嬌声を上げるエルナ。

その絶頂にあわせ、膣内が入ってきたばかりの肉竿を締めつける。

「あっ、やっ、旦那様ぁ、待って、あぁっ」

軽く腰を動かすと、彼女が甘い声をあげる。

待って、と口では言っているが、本心はもちろん逆だ。

彼女の膣内は待ちわびた肉棒をしっかりと咥えこんでいる。

そんな膣襞の期待に応えて、俺は蹂躙するように腰を振っていく。

「あぁっ、んぁ！　はぁ、うんっ！　イったばかりなのに、そんなに突かれたらぁ！」

「突かれたらどうなるのか、よく見せてもらおうかな」

「ひゃうっ、あぁっ！　んはぁっ！」

更に激しく彼女の中をかき回していく。

降りてきた子宮口を迎えるように、先端で小突く。

その度にエルナは体を震わせ、喘ぎ声を増していく。

「旦那、様ぁっ！　あっあっ、ダメ、もう、あぁっ！　んはぁっ！　あっ、んぅぅっ……！　また
イク、イクイク、イックゥゥッ！」

再び絶頂を迎えた彼女が体をのけぞらせる。

うねった媚肉はペニスを深く咥え込み、快感を味わい尽くそうとしていた。

「あぁっ！　旦那様のおちんぽ、私の中をぐじゅぐじゅにしてるぅっ！」

彼女の綺麗な背中のラインと、そこに張りつく髪はとてもエロティックだった。

普段は控えめで清楚な妻が、セックスのときにだけ見せる乱れた姿。

反動であるかのようにドスケベで貪欲な、メスとしての姿。

「ぐっ……」

そのギャップと、名器といえるおまんこの締めつけに、俺の我慢も限界に達しようとしていた。

長く味わっていたい気持ちはあるが、抗いがたいほどの快感に俺の腰は激しさを増していく。

「んはぁっ！　おちんぽ、更に太くなりました、あぁっ！　先っぽが、ごりごりって、んぅぅっ。

わたしの中に、旦那様の子種汁をくださいっ！」

「ああ、もちろんだ」

じゅくじゅぶ、パンパン！

「ひうっ！　あっあっ、んぅっ！　イクッ、あぁっ！」

水音と肉を打つ音が混ざりあい、そこに綺麗な嬌声が重なる。

淫らなハーモニーが奏でられ、俺だけがそれを聞いていた。

「んふぅっ！　あぁっ、奥っ、そんなに突いたらぁ、あぁっ！」

髪を振り乱しながら彼女が喘ぐ。

子宮口を亀頭が押し広げ、腰を引くことで離れる。

最奥でのキスを繰り返しながら、俺たちは快感の階段を駆け登っていった。

「ひゃうっ！　あぁっ！　らめっ、もう、あぁぁっ！　イク、イッちゃいますっ、旦那様ぁ、ああっ！　んはぁぁぁぁあああぁぁっ！」

ビュクンッ！　ビュルルルルッ！

「ひぅぅぅううっ！　あぁ……あぁっ！」

彼女の子宮に、直接精液を注ぎ込む。

ビュクビュクと脈動するペニスから放たれたザーメンが、エルナの中を真っ白に染め上げていった。

「あふぅ……赤ちゃんの部屋、旦那様の子種汁でいっぱいです」

満足そうに言った彼女は、腕の力を抜いてベッドに突っ伏した。

俺は肉棒を引き抜き、彼女の横に倒れ込む。

満足感と、射精後特有のけだるさが俺を包み込んだ。

「旦那様……」

ひと心地ついたあと、彼女は横を向いて俺を見つめてきた。

すぐ横にある彼女の顔は、やはり綺麗だ。

行為後の今はそれだけでなく、上気し、湿り気を帯びたエロスも感じさせている。

そんなエルナはまっすぐに俺を見つめたまま、足を絡めてきた。

「旦那様……私、とても幸せです」

彼女は時々そう言って、俺に甘えてくる。

エルナの体を抱き寄せ、絡んでいる足を軽く揺らす。

彼女は満足そうに微笑むと、ぎゅっと更に強く抱きついてきた。

「旦那様に見つけてもらえて、こうしてお側にいられて……」

「それに、とても気持ちよくて？」

「やんっ、旦那様はエッチです。ちゅっ」

からかうように付け加えると、むしろキスでやり返されてしまう。

彼女はおかしそうに笑って、もう一度キスをしてきた。

そのままベッドの中でいちゃつく。

彼女の柔らかな体はとても気持ちがよく、安心する。

そのまま体を寄せあっていると、ふいに彼女がいたずらっぽい笑みを浮かべた。

「もう、旦那様は、まだし足りないんですか？」

いちゃついている内に力をとり戻した肉棒が、彼女のお腹に当たっている。

「エルナの体が気持ちいいからね」

そう言いながら額にキスをすると、彼女の手が股間へと伸びてきた。

「こんなに硬く熱くしちゃって」

彼女の両手が肉棒を掴み、軽くしごいてくる。

スキンシップの一環のような、愛撫とも呼べないくらいのお触りだったが、肉竿は硬く勃起していた。

「もう、どれだけ溜め込んでいるんですか、旦那様は」

「うっ」

エルナが軽くトントン、と欲望の詰まった玉を指でつっついた。

オスの根源を刺激され、またムクムクと欲望が滾ってくる。

お返しに彼女の割れ目に指を這わせると、そこは新たな愛液でぐしょぐしょになっていた。

「あんっ」

「エルナこそ、性欲を持て余してるみたいだけど？」

「んっ、持て余さないです。だって、全部旦那様に解消してもらうんですからっ♪」

俺たちは体力が尽きるまで、体を重ねていったのだった。

†

領主としての仕事は、数時間の書類チェックとサインのみ。

常に仕事があるわけでもない。そんな俺だが、ちょっとした趣味と実益を兼ねた秘密もある。

幸いうちの領内は、ほとんどの役人が有能で善良なので、きっちりと仕事をこなしてくれている。

しかしどんなところにも悪人は存在する。商人でも、役人でも。

最初は理想に燃え、町を良くしようと役人になった者でも、いつしか初心を忘れ、目の前の金に目がくらんでしまうこともある。

一度不正を行えばハードルは下がり、次々と不正に手を染めてしまう。

そして後ろ暗いからこその慎重さで、領主である俺の目からうまく隠れようとする。

だから俺は時折町に出て、旅人の目で町を見るのだった。

領主として大規模な不正取り締まりに動けば目立ってしまうし、どうしても動き出すまでに時間が掛かるから、彼らも事前に察知して隠れてしまう。

しかし通りすがりの旅人がたまたま出くわして対処するだけなら、領主のクラウスは目立たないままだ。不正を働く者たちだって、旅人にまでいちいち気を払って隠れはしない。

役人といえども、大半の人間は俺の顔を知らないしな。

そんなわけで俺はたまに町へ出ると、こっそり自分で、不貞役人を取り締まっているのだった。


商人や役人に癒着や不正が蔓延《まんえん》すると、おとなしく事務仕事をしているだけでは、健全な領地運営ができなくなる。貴族領は、それが原因でダメになっていく例が実に多い。

かといって厳しく相互監視の体勢を作ったり、領主自ら目を光らせたりするのはデメリットも大きい。

地道だが、町へ出て実際にひとつひとつ対処していくほうが、目立たないという俺の目的には、合っているのだ。

そんな訳もあって今回、俺は数日後には公務で訪れることになっていた町へ、抜き打ちで先に到着していた。

この町は町長が所得を隠し、脱税をしているという話が流れてきたからだ。

まだまだ噂話の域であり、どのような不正か詳細まではわかっていない。

だが、領主としては見逃せない噂だ。

それを確かめるために、俺はいつもどおり、内密に先行して町へやって来た。

領主が視察に来ると聞いて、町長側がどう反応するのか。それを直に見たいからだ。

「旦那様とこっそり旅行だなんて、お仕事でも嬉しいです」

エルナはそう言って、いつもより簡素な馬車の中で俺に身を寄せていた。

今回は一般の旅人として町へ入るのだが、妻であるエルナも一緒だ。

彼女には俺の行動について、いつもすべての事情を話しているが、それでも嬉しそうだった。

領主とその妻という立場上、旅行へ行くにしても、普通は大仰になってしまうからな。

彼女がこうして喜んでくれるなら、今度は仕事とは関係なく、完全にただの旅行をお忍びでしてもいいかもしれない。

今回のように仕事で忍ぶ場合と違って、直属の役人に納得してもらうのが難しそうではあるけれど。

「仕事が長引くようなら、休みをとって少し日程を伸ばそうか」

領主になってから十年以上、使っていない有給もあるはずだし。

いや、この世界に有給の概念はないし、俺にはどのみち関係ないけどな。

領主である俺は、自分の休みを好きに決められる。

極端な話、全部役人に丸投げしてだらだら暮らしていたところで、貴族だからクビになることはないのだ。

だらけた領主としてあまり評判はよくないだろうが、実際にそれに近いことをしている貴族なんてたくさんいる。

しかし俺は性格的に、好きに休みを増やせるとなると堕落しそうで、かえってそうすることができないのだった。

「旦那様は働き者ですからね。少しくらい休みを取るのもいいかもしれません」

そう言って、妻は笑みを浮かべる。

俺はそんなに働き者ではない、と自分では思っているのだが、現代日本と比べてのんびりとしたこの世界では、それでも十分以上に仕事をしていることになるのかもしれなかった。

そうこうしている内に、馬車は町へと到着する。

今の俺は領主ではなくただの旅人なので、入り口で書類の記入を求められ、正規の手段で町へと入った。

「なんだか、こうして領地を訪れるのは、新鮮な感じがしますね」

「ああ、普段は手続きなんてしないからね」

領主である俺や、その妻であるエルナは普段ならばノーチェックだ。

基本的にはあらかじめ話が通してあるし、そうでなくても先に護衛の馬車が着き、事情を説明しているからだ。

また、エルナの実家も大きな商会だったので、同じく護衛がいたり身分証で省略できたりと、彼女やその父が町へ入る手続きをすることはなかったのだろう。

彼女はぎゅっと俺に抱きついてきた。

エルナの柔らかさと温かさを腕に感じる。

「ふふっ、なんだか不思議な感じです。とても楽しい気分です」

上機嫌な彼女とともに、俺は町に入っていったのだった。

「宿の手続きは私がしますっ」

ふんすっ、と張り切った様子でエルナが前に出て、宿の受付カウンターへと向かった。

後ろから眺めていても、彼女のうきうきが伝わってくるかのようだ。

宿帳に記入し、軽く宿の人と言葉を交わしている。

内容までは聞こえてこないが、普通に旅の目的などの世間話だろう。

ゆっくりと歩いていた俺がカウンターにたどり着くと、鍵を受け取ったエルナがこちらを振りむいた。

「ちゃんと部屋もとれました。いきましょう、旦那様」

「ああ」

はしゃいだ様子の彼女に連れられて、俺は部屋へと向かうのだった。

「なんだか賑やかになってきましたね」

荷物を置いた俺とエルナは、そのまま町を散歩していた。

もちろん、これも町の様子を探るためだ。

到着直後に比べて、町の中は騒がしくなっていた。

先程、数日後に領主の訪問があることを告げる使者が来たようだから、その影響だろう。

「それにしても、ずいぶん早いな」

領主が来る、というのは町にとっても結構なイベントだ。

俺が住んでいる、アーベライン領の中心となる町ならともかく、それ以外の町や村にはそう頻繁に訪れるわけではない。

年に何度か、視察に訪れるくらいだ。

アーベライン領ではいつも、それに合わせて、ちょっとしたお祭りのようなものになる。

領主を歓迎しているというよりは、領民たちが騒ぐ口実だ。でも、それでいいと思う。

凡庸だが穏やかな領主は、一通り町を見て、たまにちょっとした質問をする。

それ自体はたいした内容でもないのだが、専門家の中には、そこから何かをひらめいて、状況を改善できる者がいる。

あとはお祭りを楽しんで、領主は帰っていく。それが毎回のパターンだった。

だから領主が来る、と聞いて町が騒がしくなるのは、普通のことだとも言える。

だが、それにしたって浮足立つのが妙に早い。

普通なら町長に連絡がいき、町長が段取りを考えて、翌日に人を集めて準備を始める、というくらいの速度であるはずだ。

こんなに早く動くということは、何か後ろに予定が詰まっているか、それとも早く動かなければならない理由があるのか。

例えば、町全体で食糧に余裕がなければ、他の町から買い付けないといけない。

普段の暮らしは節約で乗り切れる程度の不足だとしても、領主をそれで迎える訳にはいかない。

領主は困っていれば手を差し伸べるくらいのことはするが、町長としては手腕を問われるので、隠したいという気持ちもわかる。

もしそれが理由で、住民も概ね納得しているのであれば、大きな悪事の隠蔽というわけでもないし、わざわざ暴き立てるつもりはないが……。

そんなことを考えながら、俺は町を観察する。

すると町長の屋敷のほうから、馬車が出発した。

屋敷の中はまだバタついているようだが、馬車はさほど慌てた様子もなく、安全運転で町の外へと向かっていく。

「少し変わった様子ですね。まずは、必要になるだろう食材の確保に急がし、とでも考えればそうでもないのでしょうか？」

エルナはそう言って首を傾げる。

貴族として生まれ育った俺よりは、商家の娘だったエルナのほうが町のことには詳しい。

「いくら俺が気を遣わなくていいと言ったところで、そうはいかないだろうしな。しかし、それにしても……」

俺たちは少し離れた位置から、町長の屋敷を眺める。

騒がしいのはともかく、その様子からはかなり余裕のなさを感じる。

俺は近くにいた町民を捕まえて、話を聞いてみることにした。

「すまない、町長は何をあんなに慌てているんだ？」

青年は突然声をかけられても気を悪くした様子はなく、少し考える仕草をした。

町長の屋敷へ目を向けた彼は、首をかしげる。

「うーん、領主様が来るってことらしいけど……それにしたってなんで、荷物なんて運び出してるんだろうね？　むしろ、宴会の準備でもっといろいろ運び込むぐらいのはずだよね」

彼は、出発の準備をしている別の馬車を見ながらそう言った。

「町長の屋敷はそんなに狭くないはずだけど、やっぱり領主様をお迎えするから、家具でも減らして中をスッキリさせておきたいのかな？　ほら、かなり重そうだよ」

話している内にも出発した馬車が、目の前をゆっくりと通り過ぎていく。

その安全運転は、焦っていないというよりは、大切なものを運んでいる、という感じだった。

「一体何なんだろうな。大切そうなものを、わざわざ移動させるなんて」

「おーい！」

すると三軒分ほど離れたところから、別の青年がこちらへ向かって声をかけてくる。

「今年は税も上がって大変なんだから、こんなところでだらだら油を売ってるなよ……おや、旅の人か？」

話しかけてきた青年は俺を見つけるとそう尋ねた。

俺は頷《うなず》き「町長の屋敷が騒がしいようなので、何事なのか尋ねていたんですよ」と話す。

「町長が？　本当だ、騒がしいな」

「領主様が来るって話だ」

先に話していた男性がそう答えると、青年も頷いた。

「なるほどね。それで準備してるってわけか。しかし今回はずいぶん急だね」

「税金も上がったし、その関係かな？」

「……税金が上がったんですか？」

先程ちらりと出たときも気になっていたことを、俺は尋ねる。

「ああ。領主様から税金の引き上げがあったらしく、おれたち町民の納める税も増えたんだ。まあ、無茶ってほどの増税でもないから、頑張って働くしかないな」

青年はそう言って苦笑いする。

しかしもちろん、俺は増税などしていない。今のところ新たな事業もないし、その必要がないからだ。

地味で平凡な領主は、過度に領地を開発したりはしない。みんながちゃんと暮らせていれば、それで十分なのだ。

「そうなのか……。ひきとめて悪かったな」

俺がそう言うと、ふたりは軽く笑みを浮かべながら、気にするな、というように手を振った。

「いや、問題ないよ。領主様が来るってことは、ちょっとしたお祭りになるはずだから、余裕があるなら参加していきなよ」

「ああ、ぜひそうするよ。ありがとう」

俺はお礼を言って、ふたりと別れた。

「旦那様、やっぱり、勝手に増税されているのでしょうか……」

「ああ」

増税を指示していない俺のところに入る税金は、当然、例年とあまり変わらないだろう。

その差額は、町長の懐に入ることになる。

時には町内での事業のため、その町だけ増税、ということはありうる。しかしその場合も、領主に話を通し許可を受けた上でのものだ。もちろん、そんな話も聞いていないし、この町で何か公共事業が行われている気配もない。

もしそうなら、噂は本当だったということになるだろう。

「エルナ、一度宿に戻ろう」

「旦那様は、どうするおつもりですか?」

俺が何かしようというのを察して、彼女が尋ねる。

「町長と話をしてくるだけだよ」

俺は彼女を安心させるよう、そう言った。

彼女はもちろん俺がすることをわかっているし、止めることもしなかった。

「いつもどおり……ご無事で帰ってきてくださいね」

「もちろんだ！」

領主である俺が、領内のやっかいごとに首を突っ込むのはいつものことだ。

目立ちたくはなくても、領内に問題がないからこその昼行灯《ひるあんどん》生活なのだから。

実際、愛するエルナとの出会いも、切っ掛けはそうだった。

当主を失った商会があり、美しい娘と、まだ幼い息子が残された。

娘は商会の乗っ取りを狙う幹部と結婚させられそうになっており……というところに、ふらっと俺が現れたのだ。

もう五年ほど前のことになる。

今では幼かった息子――エルナの弟も、当主になるための勉強をしながら健やかに育っている。

最近では成長期のため背も高くなり、もう何年かすれば追いつかれてしまいそうだ。

そんなことを思い出しながら宿に戻り、俺は着替える。

要所だけを守る軽めの特殊な革鎧に、フルフェイスのマスク。

防具としての効果ももちろんだが、これは同時に、俺の正体を隠すためでもある。

俺の顔を知っている人間が少ないとはいえ、町長はさすがに分かるだろう。だからこそ、まずは確実な証拠を掴むまでだけでも、顔を隠す必要があった。

フルフェイスなのでいかにも無骨な見た目だが、敢えて特徴的にすることで、地味で平凡な領主クラウスとはイメージが結びつかないようにしている……というのが半分。

もう半分は、その外見で行動することで懲罰としての強い印象を周囲に与えて、少しでも領内での悪事が減ってくれればいい、と思ったからだ。

なんとか仮面とか、なんとか坊将軍とか、日本人の俺がイメージしていないとは言わない。

そう、これが俺の趣味と実益だ。

「世直し」を行うときの、いつものスタイルなのだった。

そんな装備に身を包んだ俺は、日の暮れかけたなかを屋根伝いに移動して、人目につかないように町の外へと出る。そうして、慎重に進んでいく町長の馬車を密かに追った。

途中で観察したところでは、御者と護衛を含め、五人ほどが馬車に乗っているようだ。

こういった輸送の馬車は、盗賊などといった集団の敵は常に警戒しているが、自身が立てる音の大きさもあって、俺のように徒歩で追跡する者の存在は察知しにくい。

それに、馬車がすぐに町の外に広がる森へと入ってくれたのも、密かに追うには都合が良かった。

そうして林道を進んでいた馬車は、しばらくして洞窟の前で止まった。

すぐに人が降りてきて、荷台の中から積み荷を運び出している。

運び出されている袋の中身は、布地に浮き出る硬貨のサイズからして、おそらく銀貨だろう。

彼らはその袋をいくつも、洞窟の中へと運び込んでいく。

先に数台は馬車が出ていることを考えると、結構な金額になるだろうな。

茂みの中でその様子を眺めていると、すぐに次の馬車が到着する。

そしてそこからは、町長本人が降りてきた。俺は耳をそばだてて、その様子を探る。

「無事に運び込めたか？」

「ええ、問題ありません。あとは町長の持ってる鍵で、奥へしまうだけです」

「そうか、よし」

町長は部下の言葉に頷くと、そのまま洞窟の中へと入っていく。

荷物はすでに運び終えていたためか、全員が一緒に奥へと向かっていった。

俺もそれを追って、洞窟内へと移動する。

「それにしても突然の視察とはな……もしや、わしのしていることがバレたのか？」

「もしそうなら、もっと直接的に摘発してくるんじゃないですかね」

「うむ……ならばあくまでまだ、疑念程度ということか。ふふふ、ならこうして隠してしまえば、領主がわしの横領に気付くこともあるまい」

「ええ。あとは祭りの最中にうっかり、町民が領主に増税の話を持ち出さないようにするだけですな」

「ああ。こちらの手の者をそれとなく張りつかせてご機嫌を取り、他の町民が接触しないようにすれば、それも問題ないだろう」

……いくら、俺がついてきていることを知らないとはいえ、罠かと思うほどに内情を明かしてくれる町長と部下。これはこれで、いかにも間抜けな悪代官といった感じでそそられる展開ではあるが……。わかりやすすぎるな、この町長。

洞窟内でもう部外者はいないからという油断はあるだろうが、それにしてもストレートすぎて疑ってしまうレベルの会話だ。

いや、しかし実際、こんな杜撰《ずさん》な隠蔽の仕方でも、隠し通せてしまうものなのかもしれない。なにせこの町は、領主がそう頻繁に訪れる場所じゃない。大きな事業が動いていなければ、町の外から上位役人が来るのだって珍しいくらいだ。

町長が話しているように、いざ領主や役人が来たとしても、息のかかった何人かの町民をべったりつけておけば、不都合なことは耳に入らないだろう。

仕事熱心でない領主を騙すのは、彼らにとって、そう難しいことでもないのかもしれない。

まあ、だからこそ油断しすぎであっさりと露見したわけだが。こういうのも平和ボケというのだろうか。

見たところ、相手は七人。そのうち、町長を含む三人は戦闘要員ではなさそうな相手だ。これなら十分に、俺だけで相手をできる。

町長は洞窟の壁にガッチリとはまった大扉の前に立つと、鍵を取り出した。

扉の前には、大きな袋がすでにいくつも積み上げられている。中はきっと、硬貨や宝石類だろう。

「よし、運び込むぞ」

町長が鍵を開け、護衛のうちの二人が金庫内に入ったところで、俺は行動に出た。

すかさず護衛のうちの一人を手甲で殴り気絶させると、高らかに宣言する。

「町長、堂々と税を誤魔化し横領とは、よくもできたもの。ここでお縄に着け！」

この絶好の場面なら、セリフがやや時代がかるのも致《いた》し方《かた》ないだろう。うん。

「な、何者だっ。くっ、お前ら、やつを殺せ！」

町長はすばやく後ろへと下がりながら、護衛たちに命令を下す。その反応もまた、見事にお約束だった。実にわかりやすくて結構だ。殺せとか言ったらもう、罪を認めたも同然だろうに。

御者だった二人は、一拍遅れて町長同様に後ろへと逃げた。

入れ替わりで、すでに一人減った護衛が前に出る。戦闘員は、あと三人か。

問答無用で剣を構え、まずはひとりが斬りかかってくる。

「おっと」

その剣を左の手甲で受けた俺は、すかさず右手で殴り飛ばす。

別の護衛には先じて踏み込むと、その腹に容赦なく拳を叩き込んだ。

「なっ、このっ！」

味方があっという間にやられて焦ったのか、最後の一人が慌てて剣を振るってくる。

咄嗟のことで腰の入っていないその剣を跳ね飛ばし、そのまま顔に拳をめり込ませた。

「ひっ……」

頼りの護衛をまたたく間に沈められ、町長は怯えながら後ずさった。

さり気なく、御者の二人を盾にするように位置取っているのはさすがだ。

「町長、もはやこれまでだ。観念しろ」

俺はそう言いながら、ここでフルフェイスのマスクを外す。

呆気に取られる御者たちとは違い、町長の反応は劇的だった。

「お前っ、いや、あなた様はっ……！」

今回はいつも以上に時代劇みたいだなぁ……と思いながら、俺は町長へと近づいていく。

少しだけわくわくしてしまっているが、表情は隠しておこう。

「領主様っ！　いや、これは違っ……その、ええと……」

悪事が露見した町長は狼狽しながら後ずさり、金庫の中へと逃げ込んでいった。

領主、という言葉に、取り残された御者たちは驚きを露《あらわ》にした。

そんな彼らはもう抵抗の意思もなく、俺が軽く押しのけると素直にどいてくれた。

元々町長という肩書きに従っていたのだろう彼らは、より上位の領主という存在が現れたことで、どちらを優先していいかわからなくなっているのだろう。

「これが、勝手に増税した分なのか？」

町長を追って金庫に入った俺は、手近にあった袋を持ち上げて尋ねた。

「それは、増税といいますか、いえ、しかしですね……」

町長は慌てながら、言い訳を考えている。

「そんな報告は何も受けていないが？」

「それは、その……」

町長はしどろもどろになりながら、さらに後ずさって逃げようとする。

しかし、ついに壁に背がつき、もうそれ以上は逃げられない。

入口側には俺がいて、その横をすり抜けない限り外へは出られない。

洞窟を利用した天然の金庫ということもあり、入り口以外から出るのは不可能だろう。

隠れ家なら抜け穴があったほうがいいが、金庫に抜け穴があったら意味ないからな。

「ここで捕まっては……ぐぬ……」

追い詰められた町長は、ぐっと腰を下ろすとそのまま俺に突進してきた。

「おとなしく……ほう?」

俺に突っ込んでくると見せかけて、町長は直前に軌道を変え、そのまま入り口へと飛び込もうとする。

俺は無理な姿勢になった町長に、冷静に足払いをかけた。

「うごっ」

あっさりとバランスを崩し、顔から地面にダイブした町長がゴロゴロと転がっていく。

「うが……ぐぐ……」

俺は、うめいている彼をそのまま縛り上げた。

証拠の金銭も、証言してくれるだろう手下も十分に揃っている。

これなら、あとの取り調べもきっとスムーズだろう。これにて一件落着……というわけなのだった。

†

町長を捕まえた俺は町に戻り、視察に同行させていた身内の役人に預けた。

町長が横領した金銭はもちろん、過去に遡ってしっかり回収させることにする。

増税という形をとっているからには、誰からどのくらい取ったかを記録した書類も問題なく見つかるだろう。

すでに使い込んでしまった分は、町長の資産から補填することとする。

幸いというべきか、町長は横領した増税分以外にも、十分な資産を持っていた。

今後の新しい町長については、他の人間にも相談してから考えることにしよう。

町長の横領を許してしまう体質だったことを考えると、その下につく役人も、他の町から何名か引っ張ってくる必要があるかもしれない。

そんなことを考えながら、俺は宿へと戻った。

あれこれと具体的なことを考えるのは、屋敷に戻ってからでいいだろう。

おそらくこのあとは、いつもどおりのご褒美があるはずだからな。

「おかえりなさませ、旦那様♪」

部屋に戻るとすぐに、エルナが俺を迎えてくれる。

「ああ、ただいま」

彼女が正面からぎゅっと抱きついてきた。その爆乳がむにゅぅっと柔らかく押しつけられる。

男として意識せざるを得ないその感触に酔いしれていると、彼女は上目遣いにこちらを見つめてくる。

しかしそれも数秒のこと。

彼女はぱっと体を離すと、俺を部屋の中へと、手を引いて迎え入れる。

「お疲れさまでした。無事、お仕事は終わったみたいですね」

「ああ。そのかわり、明日にはもう、戻らなきゃいけなくなったけどね……」

予定よりずっと短くなってしまった旅行のことを告げると、彼女は気にしていないというように笑みを浮かべた。

「大丈夫ですよ、旦那様」

そこまでは柔らかな笑みを浮かべていたエルナだが、しかし俺の顔を見ると、その笑みを変化させた。

「その分、今日はいっぱい愛してくださいね」

艶やかさを湛えた彼女はそう言うと、俺の腕にくっついてくる。

そしてまたおっぱいを押しつけてきた。それだけで、どうこうなってしまうほど初心ではないが、どれだけ慣れていても魅惑的な感触であることには違いない。

彼女に惹かれるまま俺は、ふたりしてベッドに倒れ込む。

そして横向きに寝そべったまま、互いの体を弄り始めた。

俺はまず、エルナの首筋を撫でて、そのまま背中へと滑らせていく。

エルナのほうは、俺の胸筋と腹筋を撫で回していた。

「ひゃうっ、んっ、くすぐったいです、旦那様」

その背中をつーっと撫で下ろしていくと、エルナが小さく反応した。そのまま腰、そしておしりへと手を伸ばしていく。愛妻の丸みを帯びたおしりは、柔らかくもハリがある。

桃尻そのものの気持ちよさと、仕立ての良い服の肌触りを堪能していると、彼女の手がするするとこちらの股間へと伸びてきた。

エルナは、ズボン越しに俺の肉竿を撫で始める。

「旦那様のここも、大きくなってきましたね♪」

ズボン越しに主張を始めたそこを、彼女の手がつまむように刺激する。

そして形を明確にするように、指先で輪郭をなぞっていく。

「凄いです。硬くなって……ズボンをぎちぎちに押しあげてます」

彼女の細い指が張り詰めた部分を愛撫してきたので、お返しに俺は割れ目へと手を伸ばしていく。

スカートの中に手を忍び込ませると、下着越しの秘裂を撫で上げた。

「ひゃんっ！　あっ、旦那様ぁ……」

そこはもううるみを帯びており、布地にはっきりと水分を感じられた。

「エルナも、もう感じてるみたいだね」

「あんっ、はいっ。旦那様に抱きついたときから、私は、んぅっ」

彼女は恥ずかしそうに、顔を俺の胸へと埋めた。それでいて、肉棒をいじる手は止まらない。

それどころか、彼女の手はズボンの中へと侵入し、そのまま下着に潜って直接伸びてくる。

「んっ、もうパンパンで、手が入りにくいですよ、あっ……こんなに狭くて苦しくないですか？」

そう尋ねながら、彼女はパンツの中で指を動かした。

ただでさえ容量オーバー気味で引っ張られていたズボンが、更にきつくなる。

「んっ、旦那様、今解放して差し上げますね」

そう言うと、ずりずりと体を下へとずらしていく。

その影響で、彼女の割れ目を撫でていた俺の手が、おしり、腰、背中と上がっていく。

エルナは俺の股間辺りまで顔を下ろすと、そのままズボンと下着を脱がしてしまった。

「あんっ。旦那様の元気なおちんぽが飛び出してきました、ちゅっ」

そう言って、解放された肉竿の先端に軽く口づけする。

柔らかな唇が触れ、とても気持ちいい。

「はむっ、じゅるっ」

そして横向きのままで、肉棒にしゃぶりついてくる。

亀頭が彼女の口内へと侵入し、その温かさに包み込まれた。

「れろれろっ、旦那様、ちゅぅっ」

「うあっ……」

温かな舌がカリの裏側、裏筋の部分で細かく動いて舐めあげてくる。

何度も肌を重ね、俺の弱いところを知っている彼女の舌技で快感が素直に高められていく。

「エルナはほんとに、ペニスを咥えるのが好きだな」

「はいっ。旦那様のものをお口いっぱいに感じられますから。それに、じゅるっ」

彼女が軽くしゃぶりながら、上目遣いに俺を見る。

「旦那様の可愛い反応も、確かめられますしね♪」

嬉しそうにそう言うと、また肉竿をしゃぶる。

「普段は冷静でしっかり者の旦那様が、れろっ……エッチのときは男になるのが、じゅぷっ！　とても好きなんです」

喋りながらもフェラを続けられ、舌と連動して動く唇がまた俺を刺激する。

「エルナっ……くぅ！」

気持ちよさに耐えるように名前を呼ぶと、彼女は俺を見つめて妖艶な笑みを浮かべた。

エルナのほうこそ、普段は控えめでおしとやかなのに、エッチのときだけは淫らで艶やかな女に変貌するからたまらない。

「れろっ……旦那様の大きなおちんぽを咥えてると、じゅぷっ！　どんどんエッチな気分になっちゃいます。れろっ」

彼女は前後に首を動かして、肉棒をより奥まで飲み込む。

ねっとりとした口が肉竿を包み、たくさんの唾液を絡ませてきた。

「旦那様、気持ちいいれふか？　じゅるっ……喉奥まで、じゅぼぼっ」

そこで口を大きく開き、肉棒をますます飲み込んでいく。

喉奥まで肉竿が侵入し、彼女の口内を埋め尽くした。

「んぐっ……じゅぷっ、じょぼっ」

エルナはそれでも吐き出すことなく、ピストンフェラを続けていく。

「れろっ、はふっ。じゅるっ……！　んんっ！　私のお口で、いっぱい気持ちよくなっってください。旦那様の感じてるとこ、見せてほしい、じゅるっ」

「うおっ、エルナ」

気持ちよさに暴発しかけて腰を引くと、彼女の口が逃さないように追ってくる。

「れろっ、ダメです、旦那様♪　逃げないでください。もっと、れろっ！　私のお口を、旦那様の逞《たくま》しいおちんぽで犯してください」

犯してほしい、なんて言いながらも積極的にしゃぶってくるエルナ。むしろこちらが犯されているかと思うほど熱心な奉仕だ。彼女は口いっぱいに肉棒を頬張り、口淫を続けていった。

「んぶっ、ふぐっ、んぅぅっ！　ぬぽっ、じゅぶっ！　んうっ！」

激しさを増していくフェラチオの中、手がペニスの付け根と、その下にある袋へと伸びてくる。

「この中にたっぷり詰まった子種汁、いっぱい味わわせてくださいね♪」

エルナの手が、優しく陰嚢を揉みしだいてくる。

柔らかなその手付きに、より多くの精液が昇ってくるのを感じる。

「元気な二つのタマタマさん♪　きゅっと上がってきて……旦那様、れろっ……そろそろですか？じゅるっ、じゅぶっ」

「ああ……もうイキそうだ」

エルナは射精の準備で上がっていったタマから手を離すと、口元の動きをますます激しくした。

ねっとりとした口内を、肉棒がじゅぶじゅぶと犯していく。

それに合わせ、彼女の舌は敏感な亀頭や裏筋を這い回り、喉で肉棒を吸い上げていく。

「んぶっ、れろっ、ぬぽぽっ！　じゅぶっ、じゅるっ！　れろっ、じゅぞぞぞぞっ」

「ぐっ、出るぞっ！」

俺はエルナの頭を掴むとぐっと引き寄せ、その喉の奥で思い切り射精する。

「んぶっ！　んごっ、おぉっ……♪　んぐっ、れろっ」

喉奥に叩きつけられるような精液に一瞬驚きつつも、エルナは口を離さずに精液をしっかりと受け止めてくれた。

「ちゅぽんっ！　んぐ、ごっくん！」

そしてそれを全て綺麗に飲み込むと、妖しい笑みを浮かべる。

「旦那様ぁ……」

彼女はもじもじと腿をすり合わせながら、こちらを物欲しそうに見つめてくる。

その姿はとてもエロく、十分に射精したばかりだというのに肉竿が勝手に反応してしまう。

「はぁ、あぁ……旦那様のおちんぽ、まだまだこんなに硬いですっ」

彼女は俺を仰向けにすると、その上に跨った。

そして肉棒の根元を、きゅっと握る。

エルナの唾液でヌルヌルになったそこは、上下に擦られると、にちゃにちゃと卑猥な音を立てた。

「旦那様、いっぱい、いっぱい愛してくださいね」

まだまだセックスに不慣れだった頃。エルナの「いっぱい愛してほしい」は、俺に気を遣わせないためのセリフだったはずだ。

しかし今の彼女は淫らに成長し、とろけた表情で心からそう言っていた。

「ああ、もちろんだ。おいで」

俺は仰向けのまま彼女を迎え入れる。

エルナは一度腰を上げると、ぐっしょりと湿ってしまった下着を脱ぎ去った。

エルナの若く、瑞々しい秘部が露になる。

そこは蜜をしとどに零す、薄く花開いたメスの部分だった。

清楚な彼女らしい薄い色彩であると同時に、いやらしく肉棒を求める淫らさを兼ね備えている。

「旦那様、おちんぽ、いただきますね」

そんな彼女のおまんこが、ゆっくりと肉竿のてっぺんに触れる。

くちゅっ……と。

小さな音を立てて、敏感な粘膜同士が接触した。

そのままエルナは躊躇わず、ゆっくりと腰を降ろしてくる。

「あっ……はぁ、んっ……」

ぬぷり、と彼女の膣内に肉棒が入っていく。

入り口の襞が誘い込むように蠢いて、その導きのまま、ペニスは膣道を押し広げて侵入していった。

「んっ、旦那様、手を……」

「ああ……」

求められるまま、彼女の手を握る。指を絡め合うと、彼女の手に力がこもった。

それと同時に、陰茎はより深くエルナの膣内へと呑み込まれていく。

焦らすような、ゆっくりとした挿入。

肉襞はぎゅっと竿を包み込んでうねる。

「はぁ、あっ……旦那様が、私の中にいるのを感じます」

彼女は、これまでよりももっと潤んだ瞳で俺を見つめた。

こちらからも見上げると、その爆乳がたゆんと揺れて、思わず目を引き寄せられてしまう。

その視線に気づいたのか、握っていた手を離すと、わざとらしく胸を持ち上げて言った。

「旦那様は、やっぱりおっぱいがお好きですか？」

嬉しそうに尋ねる彼女の乳房を、両手で支えるように揉んでやる。

これ以上なく心地よい手触りで、むっちりと存在感を感じられるおっぱいだった。

「ああ、もちろん。この爆乳は、男ならみんな揉みたがるだろ」

「あんっ、そんなっ、んぅっ。私のおっぱいは、旦那様専用です♪」

「もちろん、この胸を他のやつに触らせるつもりはないよ」

ふかふかぼよぼよの乳房を、ひたすらこね回していく。

たっぷりとした重量感のある爆乳は、しっとりと手に吸いついてきた。

「あっ、もう、今日は私が、あんっ」

エルナは甘い声をあげながら、軽く腰を前後に動かした。

うねる膣襞をこじ開けるように肉棒が動き、その分の快感が互いに送りこまれる。

「エルナの乳首が触ってほしがってるな」

「あぅっ、やっ、そんなにこりこりしたらだめですぅ！　あはぁっ！」

ぷっくりと膨らんだ乳首をつまむと、膣内がきゅんきゅんと締めつけてくる。

そのまま、たわわなおっぱいを揉みつつ乳首を責めると、彼女の反応も変わってきた。

「あっあっ、やっ、旦那様ぁ……まって、あぁっ！　乳首、そんなにつまんじゃ、ひゃうぅぅっ！　おちんぽ中で動かすのもだめぇ……まだ、ああっ、んっ！　そんなにされたら、もうっ、あっ、んんんっ！」

彼女はぎゅっと目を閉じて、体に力を入れる。

俺は魅力的な爆乳を揉みしだきながら、軽く腰を動かして膣内をかき回してやった。

さらに昂ぶっていく彼女の乳首も、強めにつねってみる。

「ああっ、ダメ、イクッ！　んはぁぁぁあっ！」

びくんっと体を跳ねさせて、エルナが絶頂した。

びくびくと小刻みに震えた彼女は、口から軽くよだれを零している。

「あっ……旦那様ぁ……もっと……」

熱く潤んだ瞳で見つめられ、俺の欲望がむくむくと膨らんでいく。

「んっ、もうっ、そんな風におちんぽを大きくされたら、あっ……」

彼女は再び俺の手を握ってくる。

そして指を絡めると、今度はゆっくりと自分で腰を動かし始めた。

「ずいぶんと、ゆっくりだな」

「んっ、まだ、イったばかりだから、あうっ！」

彼女の緩やかな抽送は、しかし膣内の締りもあって十分に気持ちよかった。

「はぁ、あっ……旦那様のおちんぽが、私の中をごりごり削ってるのがわかりますっ、ああっ、やぁ、んんっ！」

喘ぎ声をあげながら、エルナの腰はだんだんと速く、力強く動くようになっていく。

「んあぁっ！　ああっ！　旦那様ぁっ！　あんあんあんああっ！」

彼女の手にもぎゅっと力がこもり、その体が大きく動く。

それにあわせて、たわわな乳房もぶるんぶるんと揺れていた。

「はぁっ！　あっ、私のおまんこ、旦那様のかたちになってますっ！　おちんぽにぐいぐい広げられて、エッチなかたちになってますぅっ！」

「ああ。俺専用のおまんこに、思い切り種付けしてやるさ！」

こちらからも腰を突き上げ、エルナの子宮口にペニスを突き刺す。

「ひぅぅっ！　あっ、そこ、奥ぅっ！　らめぇっ！　あっ、やぁっ！」

彼女が嬌声をあげながら、更に強く腰を打ち付けてくる。

ぷりっとした子宮口をぐりぐりと擦り上げると、その度に膣襞がびくびくっと震えて締めつけてくる。

「ああっ！　もう、イクッ！　イクイクッ！　イッちゃいます！　旦那様のおちんぽに、イかされちゃいますっ」

「ああ、おもいっきりイけっ」

「あぁぁあっ！　奥っ、突かれてイクッ！　あっあっ、もう、んはぁぁっ、ああっ、イッックウゥウゥウウゥウッ！」

ドピュッ！　ビュクビュクンッ！

「んはぁぁあっ！　絶頂おまんこに中出しで、んあぁあっ！　あっ、あぁぁぁぁっ！」

何度も何度も吐き出す度に、エルナはそのまま連続で喘いで膣内をひくつかせる。

精液を搾り取ろうとするメスの動きに、きっちりと搾り取られていった。

「はぅ……旦那様の子種汁が、赤ちゃんの部屋を埋めてますっ……」

彼女はぐったりと体を倒してきた。

「あっ、んっ……」

繋がったままで、その愛しい体を受け止める。

豊満な胸が俺の胸板で潰れ、気持ちいい柔らかさを伝えてくる。

「あふ……あっ……」

挿入したままで動いたので、角度が変わったことで当たる場所も変化して、エルナが艶めかしい声をあげた。

彼女の膣内は、ふわとろ状態で優しく俺の肉棒を包み込んでいる。

「旦那様……とても気持ちよかったです。旦那様のおちんぽと子種汁が、私のなかをいっぱいに埋め尽くして、んっ」

色っぽい吐息を漏らす彼女を、優しく撫でる。

心地いい疲れを感じながら、俺たちは暫くの間、抱き合っていたのだった。

†

その一件からしばらくして。

俺とエルナを乗せた馬車が、今日も街中をゆっくりと走っている。

今回は別にお忍びではないので、使っている馬車も領主用の豪華なものだ。

車内こそエルナとふたりきりだが、直ぐ側には護衛たちも控えている。

またお忍びに出かけようとしたのだが、やはり極力そういうこと……つまりは危険な世直しは避けてほしいと側近に言われてしまったので、普通に旅行に出ることにしたのだった。

まあ、前回でけっこう満足していたので素直に従ってもよいだろう。普段、役人たちには苦労ばかりかけているからな。

ゴリ押しして出かけることもできたが、エルナもそこまでは望んでいないし、無理をすることもないだろう。

「私は、旦那様と一緒なら楽しくて……それだけで幸せですから♪」

そう言って微笑む彼女はとても嬉しそうだ。こうも素直に喜んでもらえると、俺のほうももちろん楽しくなってくる。

そんなわけで、いま目指しているのは湖の近くにある別荘だった。

元々は近くの村で土砂崩れがあり、その影響で困窮した村を助けるための公共事業として作ったものだ。

その後、村も持ち直してあまり使っていなかったのだが、せっかくなので今回久々に訪れてみることにしたのだった。

土を踏み固めただけの道を、馬車がゆっくりと進んでいく。

「近くに綺麗な湖があるのですよね？　楽しみです」

「ああ。気温も高くなってきたし、ちょうどいいかもな」

外を見れば、眩しい陽が燦々と照っている。馬車の中も少し暑いくらいだ。

「ほら、湖も見えてきたぞ」

「本当です……大きいですね、旦那様」

この湖はアーベライン領の中でも大きなもので、歩いて一周しようと思えば何時間もかかるだろう。その湖の側に、別荘も村もあるのだ。

遠くに見えてくる村をそのまま通り過ぎ、馬車は進む。

ぐるりと四分の一ほど湖を回り込みながら進み、やっと別荘に到着した。

「おいで、エルナ」

「はい、旦那様♪」

馬車を降りて、彼女に手を差し出す。

その手をとって、エルナがゆったりと馬車から降りた。

別荘は大きめの一軒家、というくらいのサイズだ。

しばらく放置されていたのだが、今回使うにあたって、先んじて赴いた使用人が掃除してくれていたので、まったく問題はなさそうだ。

十分に綺麗に掃除されており、食料品もすべて用意されている。

これなら、いたれりつくせりだ。

もちろん、滞在中も使用人が一緒だから、料理などはやってくれる。

俺たち夫婦は、本当にのんびりとしていればいいだけだ。

貴族としての暮らしが長く、そういう扱いにも慣れてしまったが、改めて考えるとやはりとても贅沢なことだと思う。

「こんなお家は……なんだか新鮮です」

エルナは別荘を眺めながらそう言った。

振る舞いこそ落ち着いて見えるが、その体からはわくわくが滲み出していた。

「お茶をご用意いたします、旦那様。まずは、おくつろぎ下さい」

「ああ、そうしようか、頼む」

ついてきた使用人にそう言うと、彼は一礼してお茶の準備に取り掛かった。

「さ、エルナも少し休もう。そんなに慌てなくても、別荘は逃げないよ」

「そ、そんなに、はしゃいではいませんよ？」

「そうか？」

少し恥ずかしそうに言い訳したエルナは、いつもより女の子っぽかった。

出会った頃から大人びていた彼女だが、実家のトラブルや、その後もすぐに領主の妻となったことで、普段背伸びをしている部分も大きいのだろう。

ただ、そのまま俺が「肩の力を抜いていていいよ」と言ったところで、彼女の態度が変わることはないのは、これまでの付き合いでわかっている。

彼女自身、意識して頑張っているわけではないのだ。

しっかりしなきゃ、と思ううちに、自然と頑張るようになってしまっている。

だからせめて、こういう休暇のときにはエルナがリフレッシュするようにしてやりたい。

そんなことを考えながら、使用人が淹れてくれたお茶をふたりでのんびりと口にした。


ひと心地ついた俺たちは、湖のほうへ出かけることにした。

特に急ぐ用事もないので、のんびりと歩いていく。

公務や視察とは違い、周囲に他人がいないので護衛はつけておらず、ふたりきりだ。

そもそも護衛を連れ歩くのは、周囲へのアピールという意味が強い。

これだけ武装した人間がいるから襲っても無駄だという示威や、守らせる価値があるのだという貴族としての体面だ。

そのため、今のように人に見られることのない場面では、あまり必要がない。

俺自身が、少しは鍛えているからな。その辺のごろつきが多少襲いかかってきたところで、何の問題もない自信はある。

そのおかげで、こうしてふたりきりの時間を楽しむことができるのだから、武芸を鍛えてきた甲斐があったというものだ。

「木陰からでると、結構暑いですね」

「ああ。でも、湖に行くには、ちょうどいいくらいだな」

「はいっ」

彼女は頷くと、俺の後ろをついてくる。

だからその手を握り、彼女を隣へと引き寄せた。

細く、しかし柔らかな手。指を絡め、恋人つなぎをする。

一瞬驚いたエルナだが、ぎゅっと手に力を入れると、そのまま隣を歩いてくれた。

「旦那様とふたりきりで歩くのは、珍しい気がします」

「そうだな。いつもは使用人が一緒だし、周りにもたくさん人がいるからな」

基本的に俺たちが連れ立って歩くのは、街中が多い。遠くへの移動なら、大袈裟でも馬車を使う。

そのため、屋敷内や馬車の中でならふたりきりになるのは珍しくないが、屋外をふたりで歩くことはなかなかない。

周りに人の目のない自然の中を、俺とエルナはのんびりと歩いた。

まったく舗装されていない道は、ざっざっと、足音が響く。

草の生えた足元と、目の前に見える大きな湖。その奥に広がる森と山々。

向こうには村も見えるが、結構距離があるため、なんとか家屋があるとわかる程度だ。

村に誰かいてもわからないし、向こうからこちらに気付くこともないだろう。

湖畔の水際まで着くと、エルナが口を開く。

「旦那様、着替えてきますね」

「ああ」

名残惜しそうに手を放し、エルナが俺から離れていく。

彼女を見送って、俺もすばやく着替えた。周囲には人はいないし、男の俺は裸を気にすることもない。

手早く着替えて待っていると、向こうからエルナが戻ってくる。

彼女は水着へと着替えていた。

髪の色に合わせた、大人っぽい黒のビキニだ。

黒い布地は、頼りない面積で彼女の体を包んでいる。

たゆん、と揺れる爆乳をなんとか支えてはいるものの、柔らかなその大部分をはみ出させてしまっていた。

谷間はもちろん、横乳や下乳までも大胆に男の目を誘う。

「どうですか、旦那様」

「ああ、よく似合ってるよ。他の人間がここにいなくてよかった」

エルナの水着姿は、間違いなく多くの目を惹きつけるだろう。

そんな彼女を独占している、という優越感が湧き上がってくる。

「旦那様、さっそく湖に行きましょうっ」

楽しそうに言う彼女は、ぶるんっとおっぱいを揺らしながら湖へと駆けていく。

水着というのは危険なものだな、と俺は他人事のように思うのだった。

そんな彼女を追って、俺も水際へ向かう。

「ボートも用意させてあるんだぞ」

高めの気温だったが、湖に入るには少し水温が足りなそうだ。

入っても問題はなさそうだが、ある程度泳いで体を暖めないと、上がれない気がする。

そこでまずはふたりでボートに乗り、湖を楽しむことにした。

オールを使う、ふたり乗り用の小さなボートだ。

ぎしっ、と音を立てながら揺れるボートに乗って、湖へと漕ぎ出す。

落ちないようにオールクラッチがついているので、不慣れでも比較的容易にボートを進めることができる。

ゆったりと漕ぎながら、そのまま沖のほうへと出てみた。

「なんだか静かですね、旦那様」

「ああ、そうだな」

周囲はすべて湖だ。

陸地から離れたため、木々を揺らす風の音も聞こえない。

完全に、エルナとふたりきりの時間。

揺れるボートの上で、彼女と見つめ合う。

「旦那様、ありがとうございます」

唐突に彼女がそう言った。

「ふたりきりになって……なんだか、出会った頃のことを思い出してしまいました」

「そういえば、あのときはふたりになった途端、エルナは泣いてたっけ」

「も、もうっ、そこは思い出さなくていいですっ！」

彼女が身を乗り出してそう言うと、ボートが揺れる。

「ほらほら、危ないからちゃんと座ってなきゃ」

「むぅ……」

エルナは子供っぽくむくれてみせた。

俺と出会ったとき、彼女の実家はほんとうに大変だった。

「お父様が病死して、商会が乗っ取られそうで……」

そして前会長の娘だった十六歳の彼女は、商会の乗っ取りを企む幹部のひとりと結婚させられかかっていた。

そんな彼女と出会ったのは、変装して町を歩いていたときだ。

商会にまつわる噂を聞いた俺は、どうなっているのかを探りに行っていた。

跡継ぎ問題で内部でもめているだけなら、わざわざ領主が口を出したりはしない。

しかし、商会内部で力をつけつつある層には薬物などの黒い噂があり、健全に運営されていた商会がそちらに乗っ取られるのは避けたかった。

そこで潜入して調査した結果、黒と判断された幹部が、前会長の娘であるエルナを狙っていることが判明したので、それを事前に食い止めたのだった。

「旦那様は、私にとっても英雄です」

「そこまで、おおげさなものじゃないけどな……」

「旦那様……」

「おっと」

再びエルナがこちらへ身を乗り出し、キスをしてくる。

「んっ……」

ボートが揺れ、彼女が更に身をよせてきた。

薄い布一枚に包まれただけの乳房が、むにゅっと柔らかく俺の胸板に押しつけられる。

「んっ……ちゅっ……旦那様……」

「エルナ、あまり動くとボートが……」

ふたりとも水着だし、それなりに気温もある。

万一、転覆したところで大丈夫ではあるが。

「旦那様も、泳げますよね？」

「ああ、泳げるけど……んっ」

それなら大丈夫、というように、彼女は更に激しく口づけし、舌を割り込ませてくる。

「んっ……ちゅっ、れろっ……ふっ……」

彼女は舌を絡めながら、俺の体を撫で回す。

ボートが揺れるのも構わず、俺を強く求めてくる。

普段は控えめなのに、こういうときは本当に積極的だ。

そういえば、商会を助けた後もそうだったっけ、と思い出す。

当時の俺は貴族間の勢力争いから逃れるため、それなりの年齢であったにもかかわらず結婚も婚約もしていなかった。

それを知った彼女は、意外なほど積極的に自分を売り込んできたのだ。

曰く、領内の商家の娘である自分なら、俺が嫌う貴族間の勢力争いとは距離を持ったままでいられる。

さらに、今のように未婚だと、これからも意に沿わない婚約話を持ってこられてしまうだろう。

自分と結婚すれば、それを避けることができるのだ、と。

別に、金に困っているわけでもないアーベライン領だ。

そこの領主が、それなりに大きな商会とはいえ平民の娘を嫁に迎えるのは、それだけ相手に夢中だということになる。

特に、これまで結婚に興味を示さなかった領主が突然、ということになればなおさらだろう。

そんな状態なら、少なくともしばらくは第二夫人の話も出てこないはずだという提案だった。

そして確かに、彼女の言うとおりだったのだ。

領主である俺から結婚話を持ちかけたなら、基本的には平民はそれを断れない。

だからこそあえて取らなかった手段なのだが、エルナはそれを自分から提案してきた。

彼女自身はもちろん魅力的だったし、なによりそこまで行動してくれたことが嬉しくて、俺は彼女を妻に迎え入れることにしたのだった。

「旦那様……まだ硬くなってませんね」

彼女の手が、水着越しに俺の肉竿を揉んでくる。

絡みつくような指の動きに、思い出にふけっていた俺の意識が呼び戻される。

「あっ、反応してきました。旦那様、ちゅっ……」

彼女の手の中で、たまらず膨らんでいく陰茎。

エルナは俺を押し倒すと、発情でうるんだ瞳で見つめてくる。

頼りない水着に包まれただけのおっぱいが、誘うように目の前で揺れている。

彼女は、そのまま身を寄せようと手をつき――。

「きゃっ！」

そこでいきなり、大きく揺れたボートが転覆した。俺たちは仲良く湖へと投げ出されてしまう。

「え、エルナ、ぷはっ、大丈夫か？」

「はい、んっ、問題ないです」

彼女も直ぐに水面に上がってきて、濡れて張りついた髪もそのままに謝ってきた。

「ごめんなさい、旦那様。ボートが……」

そんな彼女に、俺は笑いながら答える。

「いや、構わないよ。とりあえず岸に上がろうか」

「はい」

俺たちは、一番近い岸を目指して泳ぎ始めた。

少し沖に出ていたので、ボートを漕ぎ出した場所ではなく、手近な森に面した場所に上がる。

水に入るには寒いかとも思っていたが、泳ぎ始めてみるとそうでもなかった。

その前に少し体が火照っていたから、というのもあるのかもしれないが。

俺たちはとにかく岸に上がり、草の上で体の水滴を落としていく。

「ふぁ……ふふっ、なんだか、泳ぐのも久しぶりで少し楽しかったです」

全身を濡らして色っぽさの増したエルナが、水滴を零しながらそう言う。

「ああ。泳ぐのもたまにはいいかもな」

そう応えるが、転覆直前に愛撫を受けていたこともあり、欲望がムラムラと湧き上がったままだ。

全身濡れた半裸のエルナが、妙に色っぽいせいもあって収まらない。

「旦那様、あの……」

彼女のほうも途中だったせいで欲求不満なのか、俺を見つめてくる。

「もう少し、森の中に入ろうか？」

湖が大きいため向こう岸から見えるとも思わないが、流石にここではオープンすぎる。いや、ボートの上でしようとしていただろ、という話ではあるのだが。

「はいっ」

森の中へ入る、ということの意図を察したエルナは元気に頷き、俺の腕に抱きついてきた。

「自然の中で……というのも、なんだかいけないことみたいで興奮しますね」

「……エルナはスケベだな」

思わずそう呟くと、彼女が空いているほうの手で俺の股間を握ってくる。

「旦那様だって、期待してるじゃないですか♪」

もう新婚というほどでもないのだが、他人には見せられない姿でイチャつきながら、森の中へと歩いてゆく。少し隠れるだけなので、そう奥に行く必要もない。

生い茂る木で湖からの視界が遮られたところで、どちらともなく互いの体に手を伸ばし、弄り始めた。

「んっ、旦那様、あっ……」

水着のブラ部分をずらし、エルナのおっぱいを露出させる。布ではもともと抑え切れていなかった胸が、柔らかく揺れる。その乳首はすでにぷっくりと膨らみ、起ち上がっている。

「んっ、あっ」

結び目が緩んだ水着が落ちるが、それには構わずに両手で彼女の乳房を揉みしだいた。

「はぁ、んっ……旦那様の指、ちょっと冷たいですね」

そう言うと、彼女が俺の手を自ら谷間へと導き、その柔肉で包み込んできた。

「私のおっぱいで温めてあげますね♪」

むぎゅっ、むにゅっとエルナは胸を寄せ、俺の手をパイズリするかのように刺激する。

俺もその内側で指を動かし、彼女の胸を愛撫する。

「あんっ、なんか、内側からって変な感じです、んっ……」

柔らかな乳房を堪能したことで、俺の手も彼女のおっぱいでほかほかになった。

「やんっ」

魅惑の谷間から引き抜くと、その手をおろして彼女の股間へと這わせる。

水着に包まれただけの割れ目は、湖の水ではない、もっと温かな液体で湿っていた。

「あっ、旦那様ぁ……」

エルナが甘い声を出し、俺を見つめる。

俺は体を屈め、エルナの水着に手をかけると、するすると降ろしていった。

「あっ、んっ……」

足から引き抜き、彼女を生まれたままの姿にする。そこで一歩引いてから、改めて彼女を眺めた。

「あぅ……あの……旦那様？」

エルナが恥ずかしさからか、身を捩る。

「私、外で裸になってて……」

周りには誰もいない。しかし、野外で全裸という状況は、彼女の羞恥を煽ったようだ。

きゅっと閉じた足に愛液が伝い落ちる。

「こんなところで全裸になって、感じてるのかい？」

「ち、違いますっ、んっ……」

口ではそう否定するが、エルナの目は強い興奮を湛《たた》えている。

きょろきょろと辺りをうかがうが、当然、こんな森のなかに人はいない。

しかし、それを口にするのは野暮ってものだろう。

「ほらエルナ、もっとこっちに」

「は、はい……」

「隠さずに、まっすぐ立つんだ」

「はい……」

彼女は俺の指示どおり、姿勢正しく直立した。

こんな森の中に、全裸の美女とは……なかなか絵になる光景だと思う。

エルナが羞恥に顔を赤くしていることもあって、とてもエロい。

そんな彼女をじっくり眺めていると、エルナは耐えきれない、というようにもぞもぞと動きはじめた。

「旦那様ぁ……もう……」

その声は体を隠したい、というものではなく、放置せずに触ってくれというように聞こえる。

「エルナ、木に手をついて、おしりをこちらに突き出すんだ」

「はい……旦那様」

彼女は無言でこくりと小さく頷くと、手近な木に手をついて、こちらへと腰を突き出した。

それ以上言われずとも足を開き、挿れやすい姿勢になっている。

濃いフェロモンを放つメスの花は、その蜜を溢れさせてオスを誘っている。

周囲に咲くどんな花よりも美しく、香りを放ち、淫らなそこへと俺はそっと口を寄せた。

「あんっ、旦那様、んっ……」

舌先を滑り込ませると、エルナの味が口に広がる。

うねる膣襞を舌でなぞり、くすぐってやる。

「んぁっ、あっ、旦那様、ひぅっ！　やっ、ダメですっ、ああっあっ、力、入らなくなっちゃいますからぁ……」

「でも、エルナのここはもっとって、こんなにおねだりしてるよ？　ぢゅうぅぅっ！」

わざと音を立てながら、彼女の愛液をすすっていく。

濃密な女の味に、オスの本能が猛った。

「ひうぅぅうっ！　あっ、らめっ、旦那様ぁ……そんなにアソコに顔をくっつけて、じゅるってしちゃ、ん、あああぁっ！」

昂ぶってきたエルナをさらに容赦なく責め立てていく。

クリトリスを舌先で押し、擦り上げ、膣内にまで舌を忍ばせてみる。

下品な音を立てながら、彼女のおまんこをめいっぱい味わっていった。

「ひゃうぅっ！　あっあっ、旦那様、旦那様ぁっ！　ひうぅっ！　イクッ、イクイクッ、んはぁぁぁあああぁぁっ！」

ブシュッ！　と彼女のそこから潮が吹き出す。

「あっあっ、あああぁぁっ！」

勢いよく飛び出たそれが、草の上に滴り落ちてキラキラと光っていた。

「あぅ……外でこんな……旦那様のエッチ……」

「おもらしみたいに出しちゃったエルナのほうが、エッチだと思うけどね」

「あぅ……」

恥ずかしさでこちらを向こうとしないエルナを、後ろからじっと眺める。

昼間の森の中で美しい肢体をさらし、潮吹きまんこをいやらしく差し出している妻。

こんなエロい姿を見せられて、俺が止まれるはずがなかった。

俺は水着を脱ぎ捨てると、ギンギンに滾った肉棒を彼女の入り口へと宛がう。

「あんっ……旦那様のおちんぽ、すごく熱くなってます」

「ああ。エルナのエッチな姿をたっぷり堪能させてもらったからな」

「んっ……そんな……あっ」

そう言ってうやると、彼女の秘裂がひくっと動く。

期待に震えるその淫花に、俺は猛ったペニスを挿入した。

「あぅっ！　旦那様のおちんぽ、ぐいぐい入ってきますっ！」

熱くうねる彼女の膣内に、肉竿がまっすぐに侵入していく。

絡みつく襞を擦りながら、深いところまで一息で入っていった。

「んぁあっ！　おちんぽが、奥をぐりぐりこすってますっ！」

彼女の腰を手で支えながら、力強い抽送を始める。

すでに十分以上に潤い、いやらしく受け入れる膣内を往復して、その中をかき回していく。

「ひゃうっ！　あんっ！　旦那様のおちんぽ、いつもより太い気がしますぅっ！　旦那様も、外で……興奮なさってるんですか？」

「そうかもな。でもそれ以上にっ！」

「ひぐぅっ！」

肉棒をさらに押し込むと、こりっとした子宮口に亀頭が刺さる。

「エルナのドスケベな姿にこそ、興奮させられてるな」

「あうぅっ！　わ、私はそんなにスケベじゃありません、んうぅっ！」

「こんなにたくさん濡らして、きつくペニスに吸いついてるのにか？」

「それは、旦那様がエッチだからですっ、んはぁっ！　旦那様がいつも私をとろとろにしちゃうからぁっ！　ひゃうぅぅっ！」

軽く絶頂した彼女の膣襞が、精液を求めて肉棒を締めつけてくる。

ぴったりとくっついてくるその膣内を、襞を擦り上げながらさらに激しく往復した。

「ひうぅっ！　あっ、旦那様ぁっ！　イってる最中は、ひぃぃんっ！　あっあっ、や、らめぇっ！」

「く、俺も出すぞ！　エルナ！」

ドピュッ！　ビュク、ビュルルルルッ！

愛妻の絶頂おまんこに、気持ち良く射精していく。

「はぅ……あ、あぁぁ……」

エルナは艶めかしい声を漏らしながら、息を整えていた。

俺はゆっくりと肉棒を引き抜くと、そのまま彼女が倒れないよう支え続ける。

「旦那様……はぁ……こんなにいっぱい……お外で」

彼女はそのまま俺に体を預け、ぐったりと脱力した。火照った体は熱く、汗ばんだその肌はとても艶めかしい。

この状況をもっと味わいたい気もするが、これ以上体力を使うと帰れなくなるかもしれない。

彼女が回復するのを待って、俺たちは水着を着直して帰ることにした。

流されたボートのほうは申し訳ないが、後ほど回収してもらうことにするのだった。

転覆した状態から立て直して乗り込むのは、かなり難しいのだ。

「ね、旦那様……」

「どうした？」

足元に気をつけながら森を歩く帰り道、エルナが俺に抱きつきながら言った。

「また、一緒にこの別荘へ来ましょうね？」

「……この森以外でも、外でしてみる？」

「も、もうっ、違いますっ！　そうではなくて！」

口ではそう言っていたが、エルナが期待しているのは明らかだった。

立場上、万一にでもこんなところを見られるわけにはいかないが、チャンスがあればまた試してみるのもいいかもしれない。

そんなことを思いながら、俺たちは別荘に帰り着いたのだった。

第二章　エルフの森のレナータ

町長の逮捕から少しの時間が過ぎ、無事引き継ぎを終えた町は、今では新町長の下で健全に運営されているらしい。

町長があっさり悪事を喋《しゃべ》ったことで意外なほど楽に解決してしまったが、あのレベルの事件というのは、実はけっこう珍しい。

俺が普段解決するのは、庶民の無知につけ込んで法外な利子を取る金貸しとか、そのレベルだ。あくまで個人程度を困らせる悪人に対処する、という感じだった。

しかし今回は、一つの町全体を巻き込んだ大きな不正だった。

地味で平凡な領主……そのイメージづくりに勤《いそ》しみすぎたせいで、地方の役人には舐められてしまったのかもしれない。

こんな大事が、また起こってはまずいだろう。そう思いすぐに体制を見直して、再発しにくい状態を作った。税金にまで手を出されては、目立ちたくないなどと言ってもられないからな。

地味な領主でいたい……というのはあくまで俺の希望であって、領民の暮らしに優先するようなものでは決してないからだ。

頼れる側近のサポートを受けながら体勢を見直したあと、慣れない新体制で領主の負担は増えつつも、ひとまずは領内の統治は落ち着き始めていた。

日常に戻った俺がいつもどおり書類に目を通しサインしていると、部下が神妙な顔で入ってくる。

「クラウス様、モンスターの件なのですが」

「ああ、どうした？」

ここ最近、アーベライン領の端にある村の周辺で、モンスターの数が増えてきているという。

そこで、原因の調査を頼んでいたのだが、その結果が出たらしい。

「それがどうも、エルフの森のほうから出てきているようでして……」

「エルフの森から？」

件の村から少し離れたアーベライン領の端は、エルフの森に隣接している。

一応、エルフの森も同じ国内ということにはなっているのだが、エルフ族の完全自治区になっており、人間が手を出すことはまずない。

かつては人間が領土を広げるため、エルフの住処に攻め入ったことなどもあった。

しかし百年ほど前に取引がなされ、今では人間の王家に「エルフの雫」というアイテムを納めることを条件に、互いに過度の干渉をしないことで落ち着いている。

エルフの雫は、若返りに効果があるとか、加護によって病気への耐性を得るとか様々な噂が流れている物だが、現実的に考えてそれらはデマだろうとも言われている。

まあ、森から出ず危険度の低いエルフ族は、放置したほうが互いの利益だろうし、干渉しないにこしたことはない。

雫という対価を納めさせるのは、エルフもまた国の民であるという体裁を整えるためだろう、というのが大方の見解だった。

エルフの森にこだわらずとも、土地を広げる方法はいくらでもある。

エルフと無駄に争って消耗するよりも、脅威となる他国の戦力をそいだほうがよほどいい。

しかし今、実質ほとんど交流のないエルフの森から、問題のモンスターが現れている。

なかなか、地方領主の判断で対処できるかは難しいところだ。

「……エルフたちがけしかけている、という可能性はまずないよな？」

「そうですね。もしバレれば……というか最悪、関係がなくても口実にされて、攻め滅ぼさえかねないですからね」

武力で手を出せないのではなく、害がないから放置されているだけなのだ。

人口も少なく、優れた兵器も持たないらしいエルフ族が王国に歯向かうのは自殺行為だ。

確かに森を知り尽くしているエルフは、ゲリラ戦に強く、かつての王国民も手を焼いた。

だからそのとき、王国は森を焼いた。更地になったその地域は、作物が育ちやすかったそうだ。

森ごと焼き払うのは残虐すぎるという意見もあるが、王国兵にすれば被害も一番少ないし、おそらく今でもいざとなれば、王国はそうするだろう。

そうなれば位置的に、我が領が焼き打ちを命じられるのは明らかだ。

それは心情的にとても嫌なので、エルフにはおとなしくしてもらいたい。

そんな俺の希望をふまえて考えても、この状況のまずさはエルフだってわかっているはずだ。

だから、エルフがけしかけているというよりは……。

「エルフたちの手にも負えないか、エルフの生活圏内ではなく、もっと手前側でだけ怪物が発生しているか、といったところか」

エルフの森、といっても、彼らだって森の全域に散らばって暮らしているわけではないだろう。

森の入口側は、俺たち人間の社会との境目だ。かつて襲われたエルフからすれば、そちら側に住みたいとは思えないだろうし。

「でしょうね。故意ではないでしょう。もしかしたら、モンスターどころじゃないなにかが起こっているのかもしれませんが」

「なんであれ、モンスターは放置できない。一度は、彼らと話す必要があるな」

そう言いながら、俺は内心で頭を抱えていた。

基本的にまったく接点のないエルフ族との交渉。

それが簡単にいくとは、あまり思えない。

かといって、放置できる問題では絶対にない。

まずは、連絡を取るところから慎重に行わなければならなかった。

「交渉には直接、俺が出るしかないよな。モンスターのほうは、しばらくは抑えられそうか？」

「ええ。兵を集めているから大丈夫です。ただ……」

「どうした？」

役人はそこで、少し困ったようにも見える曖昧な表情で続ける。

「最近、その村では銅製を中心に器具が破損したり、もろくなったりしているようで……。駐在している兵の装備品にも、なぜか同じ影響が出始めています」

「銅……から？　ちなみに、雨は多い地域かな？」

「雨ですか……？　確認してみますね」

「ああ、頼むよ」

装備を溶かし、腐食させるほうには心当たりがある。たぶん、酸性雨かなにかだろう。

もしかしたら、モンスターのことも、それが影響しているのだろうか？

でも、酸性雨でモンスターまで活発になる、なんて聞いたことないが……。

そもそも、たいして工業の発達していないこの世界で酸性雨らしき現象がどうして起こっているのか。

もし酸性雨だとしても、破損のような影響が出はじめるまでには時間が掛かるだろう。

原因は長期的で、けっこう面倒なことかもしれない。

何にせよ可能性があるなら、そちらも対策をしておかないとな。

強い酸性雨なら、農作物にも影響が出るかもしれないし。

「もし予想どおりで、雨が続いた後で器具がもろくなっていたなら、石灰岩を用意してほしい。うちの領内でも採れたはずだ」

「わかりました。手配しておきます」

「ああ、よろしく」

あとはエルフへの使者か。

「アーベラインの家紋、王国の紋章も示そう。敵意がないことを伝えながらエルフの森へ入って、なんとか交渉しないといけない」

年に一度、王国の使者がエルフの森へと、雫を受け取りに行くと聞く。だが、モンスターが発生している今、そのタイミングを悠長に待っている訳にはいかない。

「不審がられはするでしょうが、敵意がないことをしっかりアピールすればエルフのほうから人を襲うことはないでしょう」

基本的にエルフ族は、人間側が襲う気になったら生きていられない。

だから、できるだけ人に害をなさないようにするはずだ。勘違いで襲いかかって、人間の国とこじれると不利になる。

もちろん、誰かがエルフの里に勝手に襲いかかるようなら撃退し、王国へ苦情を入れるだろう。

今はエルフも、一応は王国民だ。

他国との関わりも考えて庇護しなければならない王国は、エルフを害することに対して重い罰則を設けている。

「問題は、道中のモンスターか」

「ええ。普段どおりの森なら、エルフを刺激しないよう少人数で向かうのですが……」

モンスターが人里へ来るほど多く発生している今、森の中は普段とは比べ物にならないほどの危険がはびこっていると予想できる。

その中を、いつものようにひとりやふたりで行くのは、かなり難しい。

それに行くとしたら、それなりの地位にある文官も連れてゆきたい。

会談の条件を整えたりしたいからな。

しっかりと人を集め、武装して進めば森の踏破はできるが、それではエルフを強く刺激してしまう。

向こうから見れば、いきなり人間の軍が襲ってくるようにしか見えないだろう。

実体は俺にも不透明だが、長命と言われるエルフのことだ。

百年ちょっと前の侵攻を覚えている者だって、まだいるのだろう。

最初から警戒されては、会談の約束などままならない。

「モンスターが溢れているだろう森の中を、少人数で、ですか……」

役人は小さく唸った。

アーベラインの役人は優秀な人間が多いが、みんな腕っぷしには自信がない。

役人に護衛をつけるとなれば、結局は大きな部隊になってしまうしなぁ……。

モンスターが襲ってきたとき、守ってやれる自信もないし。

「自分でもある程度戦える文官がいないなら、やはり部隊で森へ入るしかないか」

「それは、少し不安ですね……」

「ああ。穏便にはいかないかもしれない」

それでは、やはり多いだろう。

エルフ側がモンスターの増加を把握していれば、必要な人数だと理解を示してくれるかもしれないが、それに期待するのは不安が残る。

これはもう、仕方ないかもしれない。

「やっぱり、交渉には俺だけで行くか。それなら、護衛も騎士ひとりぐらいでいいだろう」

「りょ、領主様っ!?」

アーベラインの紋章印。交渉事の権限を問題なく扱え、ひとりでもモンスターと戦える人間。

いくら考えても、そんなうってつけの人物はひとりだけ。

クラウス・フォン・アーベライン伯爵だ。つまり俺だけど。

交渉そのものの経験値は役人たちに劣るだろうが、今回の目的は、まずは会談のセッティングだし。

内容が内容だから、セッティング時点では、お互いの利害を気にするような必要もない。

「最適な人物がいなければ、俺だけで行こう。その想定で進めてくれ」

「……はい。わかりました」

少し考え込んだが、それが一番だと彼も思ったのだろう。しぶしぶ頷いてくれた。

俺も、エルフの森に入るのは初めてだ。

なんとかうまく、会談の申し入れをしないとな。

†

村へのモンスター流出は、根本的な問題を解決するまで続くものだと思う。

だからエルフとの会談と、その結果による大規模な行動は、早いほうがいい。

俺が行くと決めた翌日には、エルフの村とへ向けて出発した。

最速で馬車を走らせ、近隣の村で一泊する。

その村で馬を代え、馬車を乗り継ぎ、なんとかエルフの森まで到着した。

「では、私たちはここでお待ちしております」

「ああ、よろしくな」

ここからは従者たちと別れ、俺と護衛の騎士とのふたりでエルフの森に入るのだが、帰りがいつになるかはわからない。

案内役のエルフでもいれば、そう時間はかからないだろうが、それは望むべくもないだろう。

そうなると、広い森の中を慎重に進むことになり、おそらく今日中には戻れないと思う。

それでも、従者たちと馬車には、ここで待っていてもらうことになる。

遠距離の連絡手段は、何もないからな。

進むのは俺と騎士。残るのは、御者と護衛のふたり。

森のこの位置ぐらいなら、もうふたりくらいいても、エルフを刺激したりはしないだろう。

彼らに馬車を任せ、俺は森の中へと入っていくのだった。


エルフの森。

古来から森の民であるエルフが暮らすその森は、人間が日頃接する森とは、大きく違うことがあると囁かれている。

しかし、エルフに加護を与える神樹と呼ばれる大木があるとか、森そのものがエルフの声に応えて動くとか、真偽不明の噂がほとんどだ。

それもそのはずで、百年ほど前に条約を結んで以来、人間とエルフは不干渉を貫いている。

侵略に関わった人間はみんな寿命を迎えており、もうエルフのことを直接知っている人間は、貢ぎ物を受け取る使者以外にはいないのだ。

そんな使者たちも、森の入口付近で取引を行うだけで、エルフが暮らす里まで入った者はいない。

「よし、行くか」

「はい、クラウス様」

森から溢れ出るほど発生しているモンスター。

そして、何があるかわからないエルフの森。

そこで、たったひとりで領主を守らなければいけない立場の騎士は、さすがに緊張していた。

しかし彼は一流の護衛であり、騎士だ。俺が何も言わなくても、森に入った途端、すっと気持ちを切り替えたようだ。

俺たちは警戒しつつも、固くなりすぎないように森を進んでいく。

エルフの森とは、いったいどんなところなのだろうという期待もあったが、入口付近はどうということもない普通の森だった。

あるいは、エルフならわかる何かがあるのかもしれないが、俺には何も感じられなかった。

「グゥゥゥウウ……」

低い唸り声。

「クラウス様……」

「ああ。三頭……か」

騎士に声をかけられ、俺も答える。

イノシシのモンスター、ワイルドボアだ。

その気配が三頭分ある。

突進が特徴的なモンスターで、高い攻撃力を持つ代わりに防御力のほうはそうでもない。

やるかやられるかが、はっきりと出るモンスターだ。

一頭ずつなら、冷静に対処すれば問題のない相手。だがパワーがあるから、三頭同時に戦うのはとても困難だろう。

一頭をいなしている間に、他から襲われる。流石の騎士でも、きついかもしれない。

「一頭はこっちで対処する。すまないが、二頭を任せるぞ」

「はいっ！」

騎士が答えると同時に、俺たちは左右に分かれる。

俺は一頭のワイルドボアを目指し、騎士は二頭のほうを目指して走った。

一応、俺もそれなりに戦えるとはいえ、本職の戦士である彼のほうが戦闘なれしている。

もし、俺が二頭を引き受けると言えば、彼も心配するだろう。

それよりは、彼に二頭任せてしまったほうが、結果的には負担が少ない。

俺は目前のワイルドボアと向かい合う。剣を抜き、片手で構えた。

奴は得意技の突進を躊躇なく繰り出し、こちらへとすごい速度で迫る。

「はっ！」

距離が縮まり、ぶつかる寸前――。

俺は斜めに飛び出し、ワイルドボアとすれ違う。

そのすれ違いざまに剣を滑らせ、奴自身の突進力を利用してその肉を切り裂いた。

そしてすばやく反転し、その体に剣を突き立てる。

「ゴオオォォォオオッ！」

断末魔の叫びをあげ、ワイルドボアが息絶えた。

俺は大きく息を吐きだす。

ワイルドボアとの戦闘時間は短くなりがちだ。勝つしても、負けるにしても。

俺が振り向いて騎士のほうを窺うと、彼が二頭目のワイルドボアを仕留めたところだった。

「ワイルドボアが三頭いきなり現れるのは、やはり異常ですね」

「ああ。それにむしろ、小型のモンスターが見当たらないのも気になるな」

「おそらく、増えた中型以上のモンスターが影響しているのでしょう」

俺たちはその後も、慎重にエルフの森を進んで行った。

普段ならば、王国との取引場となる山小屋付近まで来ても、エルフたちの気配はまったくなかった。

やはりおかしい。最低限、この場所には常に監視がいると聞いている。

そこからは王国とアーベラインの旗を掲げながら、俺たちは更に奥へと進むことになったのだった。


そうして、一時間以上は過ぎただろうか？

森の中では時間の感覚が曖昧になる。街中のように人の移り変わりがないし、モンスターを警戒したり戦ったりもしているから、時間の感覚がおかしくなるのだ。

どのみち引き返す訳にはいかないから、俺たちは黙々と進み続ける。

人間が踏み入ることのない、エルフの森の中。

入口のほうと違い、中に踏み入ると、そこは確かに普通の森とは違う気がした。

心なしか木も大きく、生い茂っているというのに不思議と光が入ってきている。

気のせいかも知れないが、そこはかとなく不思議な力も感じる。

しかし季節の問題なのか、少し木々の彩りに陰りが見えるというか、寂しい感じもした。

時期を選べば、木々はもっと青々と輝いていたのかもしれない。

まあ、エルフの森にここまで立ち入ることなど、もうないだろうけど。

そんなことを考えながら森を進み、俺たちは揃って足を止めた。

騎士が無言で、俺に指示を求める。

俺は目線だけで頷くと、声を上げた。

「王国の使者だ。そちらの族長と、森で発生しているモンスターの件で話がしたい。書状もここにある！」

俺はアーベラインの印が成された封筒を掲げ、奥にある木の上へと語りかける。

「わかった。そちらへ向かう！」

向こうから女性の声が聞こる。こちらからやや離れた位置にその女性が現れ、後ろからも男がこちらへとゆっくり歩いてきた。どちらもエルフだ。

互いに敵意がないことを示しながら、俺たちはゆっくりと近づきあう。

こちら以上に、向こうが緊張しているのが伝わってきた。

剣の間合いより少し外に来た辺りで、彼女たちは足を止める。

「王国の使者ということだが……今はまだ、雫を納める時期ではありませんね？」

「ああ。用件は別だ。今、こちらの森から外にある村にモンスターが溢れてきている。王国としては、その対策をとりたい。原因究明と、手出ししていい範囲のすり合わせということで、アーベライン領主である俺と、そちらの族長で会談を行いたい」

緊張で固いエルフ女性の言葉に、俺はゆっくり、慎重に答える。

「詳しいことは書簡に書いてあるので確認してもらいたいが、代表者同士での会談を、できる限り早く行いたい」

「モンスターがそちらの村に……？　そうか」

エルフ女性は受け取った封筒の印を確認し、それを青年のほうへと渡す。

「これをすぐに族長へ。正式な書類だ。すぐに確認してもらってこい」

「は、はいっ！」

青年のほうは頷くと、封筒を持ってすぐに森の奥へと駆けていった。

「すまない。私には権限がなくて……申し訳ないが、直接里へは連れいけないのです」

「ああ、それは問題ない」

俺が頷くと、女性は少し安心したように息を吐いた。

「普段はない会談の申し入れということで、もしかしたら時間がかかるかもしれない。いつも使っている山小屋まで返事を届けさせるから、そこまでは送りましょう」

確かに、エルフ側にとって会談申し入れは、これまでなかった異常事態だろう。

すぐに判断するのが難しいということも、あるのかもしれない。

領主である俺がこのまま里まで行ければ、会談方法としては非公式ながら手っ取り早いのだが、向こうにも事情があるだろう。正式な手順を踏まなかったことで、後々問題が発生しても厄介だ。

現時点でも、本来なら立ち入るべきではない深さまで、森のなかに入ってしまっている。

ここまでは仕方なかったとはいえ、要件を伝えた今は、できるだけすみやかに出るべきだろう。

「ああ、じゃあ案内をお願いしようか」

俺たちは入口のほうにある小屋を目指して、再び歩き出した。

道行きでモンスターについて、エルフの森で何かが起こっているのか聞いてみようかとも思ったが、それも会談の場で族長としっかり話したほうがいいだろう。

緊張したエルフ女性とともに、俺たちは小屋までたどり着いた。

「モンスターを避ける術《すべ》があるのか？」

行きは何度もモンスターに遭遇したのに、帰りは一度も遭わなかった。

それは気になったし、会談とは無関係な話題なので、つい尋ねる。

「ええ。森の中だと気配がわかるので、事前に避けることもできます」

「なるほど……」

やはり森の中だと、エルフは強力なのだろう。

少しそこで待っていると、息を切らした伝令が小屋を訪れる。

エルフ女性は彼から書類を受け取ると、そっと頷いた。

「使者の方。会談は、謹んでお受けさせていただきます。ただし、場所はこの小屋で。アーベラインの領主様はいつ頃おいでになられますか？　こちらは明日にでも、出向かせていただきます」

「……では、三日後で。迅速な対応、感謝します」

思っていたよりもスムーズだったので、内心驚いていた。

これまで没交渉だったのに、こうも簡単に会談がセッティングできるとは。

モンスターが溢れている、という話がエルフ側にそこまで効果を及ぼしたのだろうか。

エルフの森からモンスターが出てきてる。よし、じゃあ燃やしてしまえ……と考えている、なんて思われたのかもしれないな。

族長の歳はわからないが、かつての人間を知っているなら、そう判断されてもおかしくないのかもしれない。

あるいは、何か他の理由でもあるのか——。

スムーズすぎて逆におかしな状況ではあるが、何にせよ、話が早く進むのはいいことだ。

俺はエルフの森を一度後にし、至急、交渉に参加させる役人を呼び出す。

小屋までの危険度はわかったし、エルフに連絡はついたから、多少大人数でもいいだろう。

そして会談までの三日間、問題の村にとどまり、銅が錆びる件の検証を始めたのだった。

†

そして訪れる、エルフとの会談の日。

場所は、エルフの森の浅いところにある山小屋だ。

こちらは俺と交渉担当の役人が三人、そして護衛がふたりの計六人。

向こうも族長とその娘を含む六人だった。ちなみに、あのとき話した女性エルフはこの場にいなかったので、先日の使者が領主である俺自信だったとわかる者はいないようだった。

エルフの彼らは最初からとても低姿勢で、俺たちを怖がっているように思えた。

かつて人間がエルフにしたことを思えば、恐れるのも当然かも知れない。

特に、人間にとっては二世代、三世代前のことになるが、エルフは長命だという噂もあるし、森にいる老人の中には、当時のことを知っている者がいてもおかしくない。

族長が娘を連れてきたのは、彼女も役割を持っているからなのか、それとも敵意がないことの証明なのだろうか？

レナータと名乗ったそのエルフ少女は、見た目だけなら十代に思える。

幼さすら感じそうな容姿であり、そんな彼女が怯えているのを見るのは忍びないものがある。

この印象を狙っているのだとしたらエルフもたいしたものだが、族長自信も怯えを隠していないので、別にあざといというわけではないのだろう。

この族長も、長という役職に反して若々しく見える。二十代中盤から後半くらいだろうか。

エルフらしい、整った顔立ちの青年だった。

実年齢は聞いていないが、これでも俺よりもずっと年上なのかもしれない。

娘のレナータを見る限り、この容姿は若すぎる。エルフというのは、これほどに歳を取らないのだろうか？

交流がないから、互いの文化についてもよくわかっていないのだ。

しかし今はその辺りのことより、もっと直近の問題がある。

「さっそく始めましょうか。森からこちらへモンスターが出てくる件ですが……」

役人がそう言うと、彼らの怯えは一層強くなった。

何を切り出されるのか……そんな恐れがこちらまで伝わってくる。どうやら、あまり交渉事が得意ではないようだ。ずっと森のなかにいて、外と交流していないから、慣れていないのだろう。

「ええ。それなのですが、実は……」

エルフの族長は、こちらの様子をうかがうようにしながら話し始める。

「これまで、私どもは森のモンスターを積極的に討伐していました。王国領の森を任せていただいている以上、ご迷惑をおかけする訳にはいかないと」

族長は整った顔に緊張を浮かべながらも、よく通る声で事情を話していく。

「しかし、最近森に現れた、見慣れぬモンスターを倒してから、森がおかしくなり始めたのです」

「森がおかしく……？」

「はい」

聞き返した役人に、族長が頷く。

「具体的には、どのように……？」

「森が苦しみだしました。そして木々の育ちが悪くなり、その影響で加護も弱まり、モンスターを狩ることもままならなくなってきたのです」

「森が苦しむ……」

その感覚は、人間にはわからない。

「はい。我々エルフは森の民。森の化身たる精霊と交流を持つことができるのです。しかし精霊は今、苦しんでいます。恵みのはずの雨が……痛いと」

「雨が痛い……」

役人は困った顔で繰り返す。

俺たち人間にとっては、植物に意思はない。当然、痛がることも想定されていない。

「モンスターももちろん大事なのですが、それよりも森が弱っていくのが大変なのです。木々が弱り、まだ僅かですが、少しずつ枯れ始めています。このままでは、我々の森は……」

顔を伏せて、族長が唇を噛んだ。

そして窺うように、こちらへと尋ねてくる。

「その、人間の知恵で、森を蘇らすことはできないでしょうか？　人間には、モンスターの呪術に対抗する方法があるのではないでしょうか？」

そう尋ねてくる族長に、役人たちは驚きの表情を浮かべる。

エルフが、自分たちの森のことで人間に頼ってきたからだ。

彼らは人間を怖がっている。しかし、それでもその人間にお願いしなければいけないほど、まずい状態だということだ。

彼らがすばやく会談に応じてくれたのは、人間の行動を恐れたのではなく、森そのものに危機が迫っていたからのようだ。

「そんなに危険な状態なのですか……」

雨が痛い、という話を聞いて、思い浮かぶのはやはり酸性雨の類いだ。原因となったモンスターを確かめる必要はあるが、可能性は高い。

近くの村で銅製品が溶けたのも、調べた結果を見れば酸性雨の線が濃厚だ。

何故工業の盛んでないこの国で酸性雨が降ったのかはわかっていない。しかし、先程話に出た、モンスターの呪術というのが気になる。

今回のこの、エルフとの交流だけでも、俺は国内で十分に目立つことになるだろう。エルフに接触したというだけでも、貴族たちの話題にのぼってしまう。

この上更にエルフと関われば、変に目立つことは避けられない。

しかし、目の前で困っている彼らを見捨てる選択は、俺にはできなかった。

どのくらいのことが俺にできるかはわからないが、できるだけのことはしようと思う。

「直接、見てみてもいいか？　確約はできないが、少しくらいは何かわかるかもしれない」

「はい、ぜひ！　よろしくお願いします！」

族長は藁にもすがる思いなのか、勢いよくそう言った。

「モンスターを倒した場所は森の奥なので、まずは我々の村へご案内します」

族長はそう言うと、すばやく準備を始める。よほど、このチャンスを活かしたいようだ。

エルフの村を訪問か……これだけでもきっと、すごいニュースだ。

彼らは人間を恐れて、自分たちからは近付こうとしない。

村の中に入った人間など、今の王国にはいないだろう。

「困ったことになってきましたね……」

役人が、そっと俺に耳打ちする。

「ああ」

俺は頷いた。

「そうだ、頼んでおいた石灰も、ちゃんと持ってきてくれ」

「ええ、わかりました」

エルフは人間そのものを恐れているが、エルフの村という未知の領域に向かう俺たちも緊張していた。

互いに警戒しながらも、俺たちはエルフの村へと向かっていったのだった。

道中、森の一部が傷んでいるのが俺にもわかった。

前回も少し寂しいと感じたが、それは季節の問題ではないとのことだ。

これも、例のモンスターを倒したあとから起こり始めたことらしい。

エルフの代表者たちは俺たちの動向に興味津々だ。村へこのことを伝えに、先に向かったひとり以外は一緒に村へ向かっている。

それは怖くないだろうか、という怯えと、助けてくれるかもしれないという希望がないまぜになった視線だと感じた。

絡み合って重くなったその視線の中で、族長の娘だというレナータもまた、俺に注目しているようだった。

やはり若いからなのか好奇心が勝り、助けになれたらという話をした辺りから、彼女の視線は早くも好意的なほうへと傾いて感じられた。

警戒が抜け切っているわけではないのだが、その素直さは、少し俺の緊張をほぐしてくれた。

やがて村が見えてきて、一足先に向かっていたエルフがこちらへと駆けてくる。

「ようこそ、エルフの村へ」

精一杯の笑顔を浮かべた彼らに迎えられ、俺たちはエルフの村へ入ったのだった。

「おお……」

人間側から声があがる。

エルフの村は立体的だった。

人間ならすべて地面の上に家を建てるしかないが、エルフの家は立派な木のあちこちに建っている。

二メートルくらいの高さのものもあれば、十メートル以上の高さにあるものまである。あの家は帰るだけでも大変そうだ。

「現場は森の更に奥になるので、今日はこちらにお泊まり下さい。慣れない森の中で、お疲れでしょう？」

「ありがとうございます」

道中で軽く話をしたからか、自分たちの村に帰ってきた安心感からか、最初の会談よりも大分落ち着いた様子の族長がそう言ってくれた。

俺たちはその好意に甘え、エルフの村に泊まることにする。

慣れない森を歩いたことで、俺たちは結構疲れていたのだ。役人たちも基本的に頭をつかうのが仕事だ。あまり体力があるほうではない。

俺は悪人をこっそり捕まえる都合上、ある程度鍛えているのでまだ余裕があるが、彼らはすでにフラフラだった。もちろん、護衛の騎士ふたりはまだまだ元気だったが。

案内された家は、ほぼ地上にあるものだった。必ずしも木の上に建てないといけないわけではないらしい。

役人のひとりは、家に入った途端倒れ込むように横になった。

「クラウス様は元気ですね……」

やや意外そうにしている役人に、俺は頷く。

倒れ込まなかったメンバーも、座って足を投げ出していた。森の中は、ただ街を歩くだけよりもかなり消耗してしまう。

文官側でひとり元気な俺も、これといってすることもないし、くつろいでいると、家の外に気配を感じる。護衛のふたりもその気配に気づいていた。

こちらを窺うようにしているのは……レナータか。

先程まで一緒にいた少女は、家の周りをフラフラとしている。

害意は感じられないため、護衛たちも動かないし、俺たちに警戒を促すこともない。

俺は立ち上がって、そちらへと向かった。

「どうしたんだ」

「ひゃうっ！」

いきなり声をかけられた彼女は、びくんっ、と体を跳ねさせた。

背の小さな彼女が跳ねる様子はなんだか子供っぽかったが、それに合わせて大きく弾む胸は大人だ。

不可抗力で、思わず目が吸い寄せられてしまう。

「きゅ、急に声をかけられたら、びっくりするのだ……」

彼女は小さく呟いたあと、自分が驚いたことなどなかったかのように、ぐっと胸を張った。

「せっかくなので、村を案内しようと思ったのだ……です。でも、みんな疲れてるみたいだな……

ですね」

「ああ。みんなは疲れてるみたいだが……もしよかったら、俺だけ案内してもらってもいいか？」

エルフの村には興味がある。それに、せっかくの好意だしな。

「任せるのだ！　……です」

どん、と胸を叩いた少女は元気にそう言った。彼女の拳が、意外なほど豊かな膨らみに埋もれる。

それはそれとして。

「別に、無理に敬語を使わなくてもいいぞ？　俺も使ってないしな」

そう言うと、彼女は顔を輝かせた。

「わかったのだ。わたしも正直、喋りにくかったのだ！」

レナータはそう言うと、俺の腕を掴んで引っ張る。

その際、彼女の胸がむにゅっと押しつけられたのだが、それを気にした様子はない。

「よし、まずはこっちなのだ！」

やはり彼女は、エルフとしても結構幼いほうなのかもしれない。

無邪気なその様子は、目にしていて微笑ましい。

ただ、その子供らしい振る舞いに反して体のほうは成長しているので、男として気になってしまうところではあった。

そんなふうに注意をそらされながらも、エルフの村を案内される。

エルフの村は、森のなかに溶け込んでいた。

人間の村のような、柵による区切りがなかったのだ。

森の一部に、家が集まって乗っかっている感じだ。

地を這う獣のたぐいは木の上には登ってこられない。

反対にエルフは森の精霊の加護があり、易々と木を登り跳ね回ることができる。

森と村を区切る必要もなく、また、森と一体化することがエルフの文化であり加護の力を強めることであった。

人間の世界ではあまり見ることのないような大きな木も見られる。

巨木を見上げる俺を、レナータは不思議そうに見ていた。

彼女にしてみれば、それは見慣れた風景だからだろう。

「立派な木だね」

「神樹はもっと立派だよ」

彼女は誇らしそうにそう言った。

「神樹？」

噂話に出てくる木が実在するのか？

「うん。わたしたちエルフを支えてくれる、精霊様の宿っている木なのだ」

「そうなんだ。精霊様か」

精霊は、人間にとっては伝承や御伽話の中の存在だ。

しかしエルフにとっては、今でも身近な存在らしい。

「人間は、精霊様の声が聞こえないの？」

「ああ。存在を感じ取ることもできないな」

「そうなんだ。それで、開けた土地に住んでるんだね」

木の精霊の声が聞けて加護を受けているエルフは、森の中のほうが力を発揮しやすい。

今や精霊との縁は絶たれてしまっているが、人間は土の精霊と縁のある存在だったらしい。だから、平地のほうが過ごしやすいのだろう。

「外の世界ってどんな感じ？」

森の外へ出たことのない彼女は、そう尋ねた。

「そうだな……ここと違って、建物はみんな地面にくっついてる」

「それ、危なくない？」

獣を警戒したのか、彼女が尋ねる。

「いや、街全体を大きな柵で囲ってるんだ」

「ふうん。そんなことができるんだ」

「ああ。周りも平らな地面だからな」

外の世界に興味をもった彼女に、いろんなことを話していく。

彼女にとって普通のことが俺に驚きであるように、俺にとって普通のことでも彼女にとっては驚きの連続だったらしい。

「森の外かぁ……わたしも行ってみたいなぁ」

彼女はそう呟いた。

その目には、外の世界へのあこがれを宿らせているのがはっきりとわかる。

「エルフ的に問題ないようなら、俺の領内であれば案内するよ」

「本当!?」

レナータは目を輝かせて食いついてきた。

彼女はやはり、好奇心旺盛なタイプらしい。

「ああ。許可が下りれば、だけどね」

レナータがまだ見ぬ街にわくわくしているのが、ありありとわかった。

エルフといえども、実際に会ってみれば、思っていたよりもずっと接しやすい。

百年もの間、ずっと没交渉だったエルフだが、当初の懸念など笑い飛ばせるほど簡単に事が進んでいた。


「クラウス様。明日は、森の奥へとご案内するのですが、そこはエルフにとって聖域となる場所でして……」

言いにくそうにしながらも、族長はしっかりと伝えてきた。

なんでも、原因らしきモンスターを倒した場所は聖域の内部である。

そこは森の中でも特別な場所。だから、外部の人間をぞろぞろと入れる訳にはいかない。

族長の年代辺りのエルフたちは、緊急時だしそんなことは言ってられない、精霊もお許しになると言っているのだが、老人たちが聞き入れないらしい。

エルフは文化的に、年寄りを軽視したり、見捨てることができない。

頭が固い老人たちが、それでもこのままでは不味いということでやっと出してきた条件があるという。

ひとりだけ、それもエルフと縁を結んだ者であれば、新しい仲間として迎え入れることができるだろう……ということだった。

根拠としては、エルフと縁を結ぶと、一時的にだが人間にも精霊の声が聞こえるようになるらしい。聖域などの限られた場所でだけになるが、精霊が声を聞かせるのなら、それはエルフの仲間だという理由付けのようだ。

「つまり、クラウス様には、エルフと縁を結んでいただきたいのです。精霊の声を聞ける状態で、ご案内させていただきたい」

「なるほど……」

エルフの文化だと言われれば、部外者の俺は頷くしかない。

直接は目にしていない、その老人たちがどう思っているのかはわからない。

エルフの総意として、人の手は借りないから放っておいてくれというのなら、俺も別に無理に聖域に入りたいわけではない。

モンスターの件で、確認に来ただけなのだから。

だが、目の前で困っている族長を見ると、多少の手間なら受け入れて助けになろうという気持ちになる。

年寄りから譲歩を引き出すのも大変だったのだろう。エルフの村に連れてきてくれたときよりも、疲れて見える。

「必要なことなら、構わないよ」

そう言うと、族長が顔を輝かせた。

「ありがとうございます！　では、あとでレナータを向かわせますね。精霊の声を聞くという関係上、場所は森の中がいいので……それもレナータに案内させます。クラウス様は、レナータに身を預けてお待ち下さい」

「ああ、わかった」

そう頷いてから、俺は縁を結ぶ行為の詳細を聞かされた。

簡単に言えば、それは性行為だった。

儀式としても縁としても、確かに古典的で正当なものの気はするが……。

「えっと……いいのか？」

「ええ。レナータもクラウス様にはずいぶんと懐いていたみたいですし」

飾るところのない笑みを浮かべたあと、しかし族長のそれは、苦笑へと変わった。

「……エルフの世界は閉鎖的です」

そう言って、彼は村へと目を向ける。

「これまでは、それを悪いことだとは思っていませんでした。昔と違って、人間は私たちをそっとしておいてくれる。この森のなかでエルフとして暮らし、そのまま死んでいく。それでいいと、それ以外はないと思っていました」

そこで彼は視線を、まだ俺が立ち入れない聖域のほうへと向けた。

「しかし今、自分たちだけでは対処しきれない問題に直面しています。森は力を失っていき、精霊の声は聞こえにくくなっている。このままではわたしたちは森を失うかもしれない。しかし……」

そこで族長は、俺のほうを見た。

「クラウス様たちは……、人間の方々は私たちを助けようとしてくださっている」

彼は頷くと続けた。

「外の世界は、私たちが聞かされているほど、恐ろしいところではないのかもしれない。そして外の世界を知ることで、回避できる危機があるのかもしれない。私はもう身動きが取れないが、レナータたち若い世代は違う」

そして彼の目は、聖域の反対側、アーベライン領のあるほうへと向いていた。

今回のことで、人間とエルフはいい関係を結べるようになるのかもしれない。

族長の目から、そんなことを思ったのだった。


「それじゃ、森へ向かうのだ」

大きな胸を張ってレナータがそう言った。

彼女に引かれる形で、俺は森の中へと踏み入っていく。

最初はずんずんと歩いていた彼女だが、次第に歩幅が狭く、ゆっくりになっていく。

そして大きな木の下に来たところで、こちらを振り向いた。

「あ、あの、このあたりなら、もう大丈夫だから……」

その顔は真っ赤になっていた。当然、これからすることを意識してのものだろう。

彼女の顔には、羞恥と興味がありありと浮かんでいる。

ここまでの活発さとは違う恥じらいの表情は、どこか色っぽい。

「クラウス、その……いい？」

彼女は俺の足元にかがみ込むと、そう尋ねた。

「ああ……」

俺は短く応える。

彼女は慎重な手付きで俺のベルトに手をかけた。

「ふぅ……はぁ……」

少し荒い彼女の息が股間にかかる。

意識してのものではないのだろうが、熱く湿った吐息が俺の意識をそこへと向けさせる。

彼女は不慣れな手付きながらベルトを外すと、ズボンを下ろす。

「あぅ……」

恥ずかしそうなレナータの声。

その眼前には、吐息とこのシチュエーションで反応を示した、俺の膨らみがある。

「これが、男の人の……」

彼女の手が、その膨らみへと当てられる。

おそるおそるといった、優しい接触。

膨らみに触れた途端、彼女に緊張がはしったのが伝わってくる。

レナータは慎重に、下着越しに肉竿をいじっていった。

「あっ、わっ、お、大きくなってきたっ！」

彼女はびっくりと恥ずかしさを混ぜた顔で、俺を見上げてきた。

その間も手は止まらず、硬さを増していく肉棒を弄《もてあそ》び続ける。

たどたどしい愛撫なのだが、それが返って背徳感を呼び起こし、俺を興奮させていた。

「は、はわっ……」

もうはっきりと形がわかるほどパンツを押し上げるペニスを、彼女の手がにぎにぎと揉んできていた。

淡い刺激はもどかしくも心地良い。

レナータが真っ赤な顔で俺を見上げる。

その様子が、なんだか面白い。

レナータはパンツに手をかけると、そのまま一気に下ろした。

「あっ、んっ……」

勢いよく飛び出した肉竿が、彼女の顔をかすめる。

「あわっ、もうこんなことに……んっ……」

レナータはちょんっ、と指先で露出した亀頭をつついた。

「ここは、思ったほど硬くないんだな」

そのままつんつんと先っぽをいじられると、くすぐったさを感じる。

「レナータは、こういうこと初めてなのか？」

彼女の様子から察しはついていたが、敢えて尋ねてみる。

「は、はいっ！　で、でも知識はあるから大丈夫！　確か、男の人はおっぱいが好きだって言ってたから……」

そう言うと、彼女は自らの服に手をかけた。

上半身をはだけさせると、ぶるん、とその小さな体に似つかわしくない巨乳が姿を現した。

初心な様子を見せているのに、おっぱいだけは立派だ。そのアンバランスさは、とてもそそるものがある。

俺は身をかがめて、その豊かな乳房へと手を伸ばした。

「ひゃうっ、あっ……クラウス。んっ」

弾力のあるおっぱいが、俺の手を押し返してくる。

若く瑞々しい乳房が、指の隙間から弾けそうな柔肉を盛り上がらせる。

「あっ、やっぱり、クラウスもおっぱいが好きなの？　んっ、あぅっ！　なんか、人に触られるのってへんな感じする……」

「嫌か？」

「んーん、嫌じゃない。あんっ！」

たってきた乳首をつまむと、彼女は体を震わせた。

「はぁ……あっ、んっ、クラウス……」

彼女の顔は艶を帯び、少女から女へと変わっていく。

「あうっ、はぁ、んっ……んはぁぁっ」

レナータが体を震わせ、身を捩る。

「はぁ……あぁ……」

その目はとろん、と潤んでいた。

もう少女ではなく、完全に女の顔だ。

「クラウスの……お、おちんちんを、わたしのおっぱいで気持ちよくするから」

彼女はそう宣言すると、自らの胸を持ち上げて揺らした。

俺はレナータに任せるために手を離し、体勢を戻す。

するとレナータは膝立ちになり、広げた胸で肉棒を包み込んだ。

「あっ、熱い……クラウスのおちんちんが、んっ、おっぱいに挟まってる……」

ハリのある乳房が両側から肉棒にぐいぐいと押しつけられてくる。

彼女はぎゅっぎゅっと両手でおっぱいを寄せる。

その中に挟まれている肉竿が押し出されるように顔を出した。

「わっ、おちんちん、こんな近くに……れろっ」

「うおっ」

彼女は、谷間から出た亀頭をいきなり舐め上げた。

突然の刺激に思わず声が漏れる。

「なんだか、不思議な感じ……あたまがぼーっとして、れろっ」

彼女の舌が、キャンディーでも舐めるかのように俺の亀頭を這い回る。

少しざらついた舌が、亀頭を擦り上げ快感を送り込んでくる。

「ちゅぷっ……れろっ……ちゅるっ」

温かい舌が這い回り、そこに血流が集まってくる。

「アメとは反対に、舐めるほど大きくなってくるね。れろっ……ちゅぅっ」

亀頭全体を軽く咥えながら、レナータが吸いついてくる。

それと同時に、ぎゅっとおっぱいが幹の部分を圧迫してきた。

絞り出すようなその動きに、鈴口から我慢汁が漏れ出す。

「あふっ……なんか出てきた。クラウス、気持ちよくなってるんだな」

知識はある、と言っていたとおり、我慢汁についても知っているみたいだ。

微笑んだ彼女は妖艶な女の顔で、そのままパイズリフェラを続けてくる。

「れろっ。ふふっ……クラウス、どうでふか？　咥えたまま、おっぱいを、えいっ♪」

彼女は先端を咥えたまま、大きな胸を揺らしてきた。

ハリのある乳肉の中で、肉棒は擦られ圧迫されていく。

拙さを感じさせる愛撫は、それでも気持ちよく俺を昂ぶらせてきた。

「はぁ……れろっ、ちゅっ、んしょっ」

それはレナータが興味津々で、楽しみながら一生懸命奉仕してくれているからだろう。

最初は動かすだけだった愛撫も、段々と俺の反応を探りながら、うまくなってくる。

「れろっ……ちゅっ、ちゅるっ」

裏筋に舌を這わせ、竿を扱き上げる。

彼女のよだれが谷間のほうまで垂れ、潤滑油となってくちゅくちゅと音を立てていた。

「これだけ濡れてれば、もっと激しく動かしても大丈夫だよね？　いくぞ、えいえいっ♪」

レナータは、これまでよりもリズミカルに胸を弾ませた。

大きなおっぱいがぼよんぼよんとゆれて、中の肉竿を勢いよく扱きあげる。

「はぁ、あぁっ、んっ、おちんちん、すっごく熱くなって。んうっ！」

快感に腰を突き出すと、亀頭が彼女の口へとねじ込まれる。

小さな口へ肉棒がねじ込まれている様子は、不思議な征服感がある。

「あふっ、あっ、そんなに、見ないで、あんっ！」

改めて意識したのか、肉棒を咥えたままの顔で彼女が恥ずかしがる。

しかしその最中も、パイズリフェラはやめないのだから大したものだ。

興奮が肉竿に伝わり、射精の準備としてまた先端が膨らんでくる。

「れろっ、んうっ、まだ太くなってっ……！　あうっ、そんなに大きくしたら、ちゅぷっ、うまく咥えられな、んんっ！」

彼女の口内を犯していると、おっぱいが両側からぎゅーっと圧迫してきた。

その勢いに押され、俺のペニスから精液が迸る。

「んんっー！　んぐっ、んんんっ！」

ビク、ビクンッ！

肉棒が激しく跳ねながら、口内に精液を流し込む。

レナータの小さな口では大量の精液を受け止めきれず、肉棒を咥えた唇から、白い液体がつーっとこぼれ落ちた。

「んぐっ、んっ……ごくっ」

レナータは喉を鳴らしながら、出された精液を飲み込んでいった。

その最中、口から溢れた精液が、彼女の胸元へとこぼれていく。

「んっ、んぐっ、ごっくん！　はぅ……」

精液を飲み込んだレナータが口を開くと、ねちょっ、と粘り気のある水音が響いた。

「はぁ……あっ、精液、すごかったね。男の人って、こんな風になるんだ……」

彼女はうっとりとした表情で、名残惜しそうに再び肉棒を口に含んだ。

「おおうっ、出した直後は、敏感だから」

「そうなの？　ちゅぅっ」

そう言うと彼女は刺激が少ないように、優しく肉竿に吸いついてきた。

射精を終えたペニスは、段々と小さくなってくる。

レナータは改めて口を離すと、俺に笑顔を向けた。

「これで大丈夫だね。ね、クラウス、聖域から戻ってきたら……続き、しよ？」

レナータは、いたずらっぽい笑みを浮かべた。

それはあどけない少女のようで、同時に妖艶な美女のようで。

俺は思わず、頷いてしまったのだった。

†

俺と族長、レナータと他数名の比較的若いエルフたちは、森の奥へと入っていった。

俺と若いエルフたちは、石灰の袋を担いでいる。聞く限り酸性雨に近い症状だから、役立つと思ってのことだ。

謎の呪いであっても、起こる事象が酸性雨なら対処療法にはなるはずだ。

神樹近くの聖域と呼ばれる場所は、これまでの森以上に立派な木が多く、それでいて暗くない程度に木漏れ日が射しており、聖域と呼ばれるにふさわしい雰囲気をまとっていた。

その聖域に立ち入ったあたりから、なにかささやき声のようなものが俺にも聞こえてくる。

その声はとても小さく、言葉の内容までは聞き取れない。

しかしどこか温かく、好意的なものに感じられた。

これが精霊の声なのだろうか。

森で長く過ごしたエルフなら、もっとしっかりと言葉を聞き取れるのかもしれない。

しかし聖域の奥に入るほどに、辺りの木や草に元気がなくなっているのを感じる。

木のほうはまだ枯れるほどではないが、草のほうは茶色く変色しているものもあった。

そんな風に弱った森の奥に、大型モンスターの死体があった。

「これが、例のモンスターです」

「なるほど……」

大きなイノシシ型のモンスター。ワイルドボアの数倍はありそうな巨体。その肌は黒く、泡立っている。すでに半分ほど腐り落ち溶け出しているというのに、残った肉の部分は未だに反応し、激しく煙を立ち上らせていた。

これが酸性雨の原因なのだろうか。

石灰の入った袋、その端を軽くちぎってイノシシの死体に落とすと、じゅっ、と音を立てて切れ端が溶けた。

「みんなは、この石灰を森に撒いて混ぜてきてくれ。酸性になっている所……木や草が弱っているところを、それで中和できるはずだ。ただ、かけすぎないように注意してくれ」

「はいっ！」

若者たちは素直にそう返事をしてくれる。族長が俺を信用しているので、彼らも従ってくれる。

目の前のイノシシからは今も煙が立ち上っている。この酸性の煙が、雨雲に混ざって酸性雨を降らせるのだろう。

継続的な呪術で酸性雨を振らせているのではなく、死体が原因となる物質を放出することで、事態は完結しているようだ。

これなら、あとはこの死体を処理するだけでいい。と言っても、毒素の固まりそのものになったこれに触れるのは危険だろう。

俺は石灰を、その死体にかけていく。

土のほうは、中和を通り越してアルカリ性になってしまうとそれはそれで問題があるが、このイノシシは原因でもある強酸性だろうから、思いっきりかけても大丈夫だろう。

熱を発しながら、石灰とイノシシが反応をしていく。

「おお……！」

それを見ていた族長が感嘆の声をあげた。

「精霊の声が……」

俺の耳にも精霊の声らしきものは届いているが、やはりなんと言っているかはわからない。

「続けても良さそうか？」

俺が尋ねると、族長は頷く。

「はい。これを続ければ、森は蘇る、と。本当にありがとうございます！」

族長は嬉しそうにそう言った。

程なくして若者たちも石灰をまき終わり、こちらへと戻ってきたのだった。

「やはり、我々はもっと外へも目を向けないとダメですね。人を恐れ森に引きこもったままで、危うく森を失うところでした」

聖域から戻ったあと、エルフの村では軽いパーティーが行われることになった。

ダメージを受けていた森の回復のことは、村にいた人々にも伝わっていたようだ。

離れていても状況を把握できる……精霊の力、森の加護を改めてすごいと思った。

様々なエルフたちが俺に感謝を述べて去っていく。そこには、最初の怯えたような空気は存在していなかった。

族長は俺の隣で盃を傾けながら、しみじみと頷く。

「これを期に、若者の何人かは外へ出てみたい、と話していました」

「外、か。でもたしかに、今の王国なら昔のようなことにはならないと思う」

エルフは基本的に森から出ない。

だから街へくれば珍しくて目立つだろう。悪いやつが奴隷にしよう、などと考えるかもしれないが、ごく珍しいが故にそうそう取引などできないし、過去にしたことを覆い隠すかのように、エルフに対する王国の保護は手厚い。

これはパフォーマンス的な意味合いも強いが、精霊の声を聞けるという点で、エルフの有用性が高いからでもあったようだ。

国側が囲おうとするかもしれないが、拒否した者を強く引き止めることはできない。

時代が変わり、エルフやドワーフなどを不当に扱うと、それを理由に他国からバッシングを、ひどければ侵略を受けることもあるという。

ある程度国家間の力が均衡し、情勢が落ち着いているからこそ、複数で袋叩きにできるチャンスがあれば乗っかる。

いくらエルフが有用だと言っても、そのリスクを冒すことはできない。

「そうだ、クラウス様」

族長は、さも今思い出した、というように話を振ってくる。

「クラウス様のおかげで、我々は現在の人間への誤解をとき、森を守ることができました。それによって、外との交流をはかろうと思っています」

「ああ。種族として交流があれば、襲われる心配も少なくなるかもしれないしな」

「うん。そこでなのですが、レナータをクラウス様の妻に迎えてくださいませんか？」

「うん？　ああ……なるほど」

俺は地味だが、地方領主だ。貴族としてそれなりの地位にあり、人とエルフの友好を考えたときに、悪くないだけの身分がある。

エルフ族長の娘と、領主。最初の一手として、確かに悪くない組み合わせだ。まあ、急だけど。

「レナータ自身もそれを希望していますしね。どうでしょうか？」

「レナータが？」

確かに彼女は、エルフの里についた直後から案内してくれたこともあったし、最初から好意的だった。

俺自身、契りの行為のあとは彼女に魅力を感じているのは確かだし、エルフと人間という種族的にも、個人的にも、決して悪くないない話だとは思う。

「ただ、俺はすでに妻がいるし、年齢のこともある。こちらは一夫多妻制だが……」

そう言って、族長の表情を窺う。

エルフの常識は、俺にはわからない。一夫一妻制の可能性だって十分にあった。

「ん？　そうでしたか。聞きかじりで妻という言葉を使ってみましたが、エルフは人間ほどきっちりとした夫婦のシステムがないのです。だから、その辺りは問題ありません」

それと……と彼は俺を見て頷く。

「クラウス様は、確かお歳は……四十といったところでしたよね？」

「ああ、そうだ」

俺が答えると、族長は微笑む。

「それなら、ちょうどいいでしょう。レナータのほうが少し下ですが、誤差みたいなものです」

「な、なるほど……」

その天真爛漫なふるまいから子供にも見えたレナータだが、実際は俺とそう変わらない年齢らしい。

しかし族長の若々しい姿を見ながら、俺は内心驚いていた。

レナータが俺と同年代ということは、年下に見えるこの族長は、少なくとも俺の親よりもっと上の年齢ということになるのだ。

エルフは、ここまで若くみえるものなのか。

見た目の若さにさほどの執着はないものの、これほどまでに若々しいのは少し羨ましく感じる。

そして、年齢が近いとなると、レナータはかなり幼い印象を受けるが、それは森のなかでのびのびと暮らしていたからなのかもしれない。

同じ年齢でも、エネルギッシュな人間、枯れている人間はいるしな。

「問題がないなら、俺も歓迎だ」

レナータは素直で可愛い。背伸びをしているのが返って幼く見えるものの、それも一つの魅力だと思えた。

エルフを妻に迎える……もう目立たない領主でいるのは不可能だが、それはエルフの森に入ってきた時点で手遅れだ。

それなら、新しく美女を妻に迎え入れるのに反対する理由はなかった。

「それはよかった。では、すぐにレナータを連れてきましょう。彼女も喜びます。どうか、レナータをよろしくお願いしますね」

「ああ」

……ちなみに、レナータが俺より少し年下、というのはエルフと人間の性質を無視した、単純な数字の話だ。

エルフは寿命が長い分成長も緩やかで、人間の感覚に直すと、だいたい見た目相応の精神状態であるらしい。

つまり族長すらも、意識レベルは俺より年下みたいなもので、その娘であるレナータはかなりの幼妻だったのだ。

確かに、人間でも貴族の娘が十代前半で、四十代に嫁ぐ例はある。だから問題はないといえばないのだが……元現代人の俺からすれば完全にアウトだ。

ただ、アウトだからこそ惹かれるという部分もないではない。

しかし、俺がそれに気付くのは、彼女と結ばれ、しばらくたったあとなのだった。


「クラウス、あの……」

夜、俺がひとりであてがわれている家に、レナータが訪れた。

村ではまだ一部のエルフたちが宴会をしており、その賑やかさがかすかに聞こえてくる。

よほど大きな声で騒いでいるのだろう。

故郷を失うところだった、ということを考えればその騒ぎも理解できる。

そんなことを考えながら、目の前のレナータに意識を戻した。

彼女は少し緊張した素振りで、もじもじしながらこちらを見ている。

「その、わたしを妻にしてくれる、と聞いて……」

「ああ。俺の屋敷に着いたら改めて説明するが、いきなり環境が変わって大変なことも多いだろう。困ったことがあったら、俺やメイドに気軽に言ってくれ」

「あ、ああ。そうなのだな。森の外で暮らすのか……。うん、新しい生活も、気になる」

彼女はそう言って頷いた。しかしすぐに、チラチラと視線をこちらへと移した。

「そ、そのだな……」

彼女の様子を見て、俺は頷いた。聖域から帰ったら続きをしよう、という話をしていた。

それに、彼女はもう正式に妻となる存在だ。

このまま彼女の言葉を待っても良かったが、それよりも先に、俺はレナータを抱き寄せた。

「きゃっ、あっ……」

彼女はすんなりと俺の腕の中に収まり、赤い顔でこちらを見上げる。

小さいながらも、女性的な柔らかさを感じさせる体つき。

そのままベッドのほうへ向かうと、彼女は素直に従った。

「ね、クラウス……」

彼女は俺を見上げると、ちょこんっと背伸びをして唇を突き出した。

「んっ……」

そこに、軽く唇を合わせる。

俺が唇を離すと、今度はレナータからキスをしてきた。

「ちゅっ……」

ついばむような、軽いキス。

「んっ、んんっ！」

もう一度俺からキスをし、今度はそこへ舌をねじ込んでいく。

彼女は驚きの表情を浮かべながらも、俺の舌を受け入れ、自分の舌を絡めてくる。

「んっ、れろっ、ちゅぅ……はぁっ」

口を離すと、そのまま彼女をベッドへと押し倒す。

レナータは抵抗せずに仰向けになった。

細く、小さな体でありながら、胸だけは仰向けでも存在感を失わないほど大きい。

「クラウス、んっ……」

まずは彼女の頬を優しく撫でる。

レナータは赤く顔を染め、潤んだ瞳で俺を見つめる。

その手を胸元へと伸ばし、服越しに彼女の乳房へと触れる。

「あっ……」

柔らかなおっぱいに指が食い込み、感触だけでもたまらなくなった。

若くハリのある乳房を揉みしだいていると、その小さな先端が尖り始めた。

「んっ、クラウス」

「どうした？」

「あっ、んっ、直接、触って」

「わかった」

俺は頷くと、一度胸を揉むのをやめ、彼女の服を脱がす。

ぶるん、と揺れながら姿を現した彼女のおっぱい。その頂点で、乳首はもう起ち上がって自己主張をしていた。

すぐそこに触れるようなことをせず、その周辺を軽く撫でてから、再び乳房を揉んでいく。

「んっ、あっ、はぁっ……」

先程よりも甘くなったレナータの、吐息混じりの声が響く。

元気な女の子、といった感じの彼女から漏れる、艶めかしい声。

それは俺を興奮させ、その手をより激しく動かさせる。

「ん、あぁっ！　あっ、そこっ、んっ！」

そして待ちわびていた桜色の乳首を軽く擦ると、彼女は敏感に反応した。

「レナータは乳首が弱いの？」

「んっ、あぁ……ぅん。敏感なところだから、あっ、んっ」

彼女がビクンと体を揺らした。軽くイったのかもしれない。

それを確かめるように、俺は彼女のスカートの中へと手を忍ばせる。

「あっ、んはぁっ！」

くちゅっ、と指先に湿り気を感じた途端、レナータが嬌声をあげた。

そのまま水気を帯びた縦筋を往復させていく。

「はぁ、ああっ、んっ！　ひゃうぅっ！」

その上側でぽちっと膨らんでいたクリトリスを擦ると、レナータがぎゅっと足を閉じようとした。

俺の手が、彼女の柔らかな腿に挟まれる。

それは、俺の手を止めようとしていると受け止めることもできたが、もっとしてほしいから逃がさないようにしているようにも思える。

俺は手を挟まれたまま、指先を動かして彼女の割れ目と淫芽を刺激していく。

「んはぁぁ！　あっ、クラウス、んっ！　待って！　そこは、ダメッ、あぁっ、イっちゃう、からぁっ……！」

「好きなだけイっていいよ。どうせ一回で終わらせるつもりもないしな」

「ああっ！　あっ、ん、あぁぁっ！　そこ、クリトリス、んはあぁっ！　やっ、あっ、もうっ、イクッ、イク、イクッッッ！」

ビクン！　と大きく体を震わせて、彼女が絶頂した。

ヒクヒクと体を震わせながら、はしたない蕩け顔をさらすレナータの姿は俺を昂ぶらせていた。

「あふっ……クラウス？　んっ」

絶頂の余韻に浸っている彼女の服を脱がし、最後に残った下着もおろしていく。

「んっ、あぅ……」

レナータは赤い顔を恥ずかしそうに覆った。

もうすっかり濡れて役目を果たさなくなった下着も、ねっとりと糸を引きながら脱がされていった。

そして俺は、生まれたままの姿になった彼女を目にする。

背も低く、どこか幼さを感じさせる彼女だったが、大きく膨らんだ胸は成熟した女性を思わせるし、ヒクつきわずかに口を開けている陰唇は、紛れもなくオスを求めるメスのものだった。

「んぅ……わたしだけ裸なのは恥ずかしいから、クラウスも……な？」

「ああ、そうだな」

俺は服を脱ぎ捨てる。

彼女の艶姿によってもう完全に勃起していた肉棒が、解放を喜ぶように飛び出した。

「あぅ……クラウスの、ビンビンになってるな……」

「ああ。レナータのエッチな姿を見ていたからな」

「んぅ……これが、わたしの中に……」

彼女は肉竿を見つめながら、うっとりと呟いた。

その存在を感じさせるように、まずは彼女のアソコへと肉竿を軽くこすりつける。

「ひうっ！　あっ、んっ……！」

軽く、何度か往復させていく。

溢れる愛液が肉棒を濡らし、ちゅくっ、と軽い水音を立てた。

「あうっ、あ、あの、クラウス……その……」

「どうした？　やはり、挿れるのは無理そうか？」

切羽詰まった彼女の声に、俺は顔を向ける。その間も腰のほうは止めず、軽く陰裂を往復させている。

興味があっても、愛撫までは気持ちよくても、いざとなって怖気づく、という気持ちもわかる気がした。

「う、ううん……逆」

「逆？」

俺は男だからそんなことはないが、受け入れる側はまた違うだろう。

レナータは恥ずかしそうに、しかし気持ちよさと期待に耐えかねたように、口を開いた。

「うん。クラウスのおちんちんを、わたしの中に挿れてほしい。焦らさないで、んっ、早くほしいんだ……」

「わかった」

しとやかというべきか、淫らというべきか。

可愛らしくおねだりしてきたレナータの足をぐっと広げる。

「あんっ、そ、そんなに広げて見られたら、恥ずかしいっ……」

彼女はそう言って自分の顔を覆うが、すぐにその指をずらす。

そして、自分の入り口へ俺の肉棒が迫るのを、じっと見つめていた。

「んあっ」

先端が触れ、ゆっくりと肉棒が陰唇を割り入っていくと、彼女が声をあげる。

今更確認なんてしない。

俺はそのまま、彼女の中へと慎重に腰を沈めていく。

「あっ……はぁ、んっ……んんっ！」

ぬぷ、ずぶっ……と肉棒が膣肉をかき分けて、侵入していく。

「ああっ！　クラウスのおちんちんが、入ってきてるっ！」

初めてとなる異物感に、レナータが声を出す。

膣襞は追い出そうとしているのか、それとも迎え入れようとしているのか、細かく蠢いて肉棒に絡んできていた。

その小さな穴にゆっくり腰を進めると、これまでとは違う抵抗を受ける。

「レナータ、いくぞ」

「あ、ああっ……きてっ……わたしの、奥までっ……！」

抱きつきながら、彼女が言う。

大きなおっぱいが押し当てられ、俺の胸板で柔らかく潰れる。

その気持ちよさを感じながら、彼女を貫いた。

「んうっ！　あっ、あああっ！」

ぎゅっとこちらを強く抱きしめて、レナータが震える。

肉棒はより奥まで侵入し、初物の狭い膣内の締めつけを存分に味わっていた。

「はぁっ、あっっ、んっ……クラウスっ、んっ」

押し広げられた膣内は、閉じようと肉棒を締めつける。

細かく蠕動する襞は、動かなくても十分に気持ちよかった。

しばらくそのまま腰を止め、じっと彼女を感じていた。

体温と柔らかさ、そして膣内の締めつけがやんわりと気持ちよさを伝えてくる。

「あっ……クラウス、んっ、そろそろ、動いて」

「もう大丈夫か？」

「うん。なんだか、じんじんするけど気持ちいい」

「わかった」

彼女の言葉に答えて、俺はゆっくりと腰を動かし始めた。

「はうっ、あっあぁ……」

レナータの口から、甘い吐息が漏れる。

膣壁は動く度に絡みついてきて肉竿へ快感を与えてきた。

「あっ、クラウスのおちんちん、中で動いてるの、わかるっ……」

そして彼女は動きをより感じようとするかのように、きゅっと膣内を締めてきた。

「んぅっ、あぁっ！」

そうして密着した襞を、肉棒で擦りあげていく。

狭い彼女の中を往復し、互いの快感を高めていく。

「あっ、はっ、うっ……クラウス、んっ、あぁぁっ！」

愛液の溢れる膣内は、狭いながらもスムーズな抽送を手助けしてくる。

レナータが声をあげる度に蜜が溢れ出し、蠢く膣襞が肉棒を誘導していく。

「んうっ、クラウス、わたし、なんだか、んあぁっ！」

嬌声をあげる彼女が、ぎゅっとこちらに抱きついてくる。

彼女の抱擁を受けながら、腰を大きく動かしていった。

蠢動する膣襞が、レナータの興奮をこちらへとしっかり伝えてくる。

その襞を擦り上げ、蜜壺の中を必死にかき回す。

「んあぁっ！　あっあっ、クラウスっ、んぅっ！　イクッ、イッちゃうっ！　イクイクッ、んあぁぁあぁっ！」

ビュクッ、ビュルルルル！

「ひゃうっ、んぁ、あああっ！」

レナータの絶頂に合わせ、その中で射精した。

絶頂でぎゅっと締まる膣内に、精液が注がれていく。

「んぁ……あっ……はぅ……すごい、お腹の中に、熱いのが出てる……これが、クラウスの精液なんだな……」

レナータは荒い呼吸の中、うっとりとそう呟いた。

肉棒を抜いた直後、レナータが抱きついてくる。

少し汗ばんでしっとりとした彼女の肌が、俺にくっついた。

柔らかなその体に抱きしめられていると、すぐにでもまた彼女を抱きたくなってしまう。

「セックスって、気持ちのいいものだったんだな」

「気に入ってもらえて何よりだ」

処女だったレナータに気持ちいいと言われると、男として嬉しい。

抱きついてくる彼女の頭を撫でながら、心地よい満足感に包まれていた。

「夫婦になるんだから、これからはクラウスといっぱいできるんだな」

「そうだな。屋敷に帰っても、いっぱいするつもりだ」

「ふふっ、それは楽しみなのだ」

そう言って彼女は、ぎゅっ、とより強く抱きついてくる。

レナータの体温を感じながら、俺も彼女を抱きしめ返したのだった。

†

アーベライン領に戻ってきた俺は、レナータと一緒に街へと出ていた。

屋敷での生活を初めて数日。

初めて森から出てきて、屋敷にはなんとか慣れたので、街を案内することにしたのだ。

案内するのは屋敷の側の、アーベラインの中心となる街だ。

石とレンガを中心に作られた街は、この世界ではよくあるタイプのものだ。

どの建物も二階くらいまでの高さなので、空が広い。

ほどほどの人が行き交い、街は活気に満ちている。

今回は、あくまでこっそりと街を見ることになる。

特徴のない俺はいつもどおり、護衛をつけないだけのお忍びスタイルだ。

レナータはその耳がエルフの特徴として目立ってしまうので、フードを被っている。

アーベライン伯爵がエルフの里へ行き、交流に成功したことはもう話題になってしまっていて、今そのまま街へ出れば珍しさから注目を浴びてしまうだろう。

交渉の時点で国へ報告しないわけにはいかず、そうなればどこからか漏れてしまうのが世の中だ。

もう少しすれば、エルフの里から希望者がこちらの街へ見学に来る。

それは領主として、正式に案内するものだ。

だから注目もされるが、対策もしっかりできるので、そちらは困っていない。

レナータとの婚姻のことも、時期をみて発表するつもりだ。

「街を見るの、楽しみなのだ！」

フードを被った彼女は、朗らかな表情で言った。

「ああ。だけどはしゃぎ過ぎて、はぐれないようにな」

「むぅ。わたしはそんな子供ではないのだ」

そう言いながら、彼女はぎゅっと俺の手を握った。

迷子にならないように、だろうか？

「…………」

「…………」

最初は普通に握ったその手を、彼女は一度ほどいて、今度は指を絡めてきた。子供の手を引くのとは違う、恋人つなぎだ。

「さ、行こう。あ・な・た♪」

「ああ、そうだな」

大人であること……子供ではなく妻であることを強調してくる彼女に頷いて、案内を始めることにした。

アーベライン領は田舎で流行り物とは無縁だが、街自体は結構しっかりとした作りをしている。

「おお、本当に家が全部地面にあるのだな。こうして並んでいるのを見ると圧巻なのだ」

広場へと続く石造りの道を歩きながら、レナータが言う。

道の左右には家や店などの建物が立ち並んでいる。時折横道があって、その分は隙間が空いているものの、基本的には限られたスペースを活かすように建物は整列していた。

土地自体は広いが、街を守るための壁はそう簡単に増築できるものではない。

大がかりな工事で新しい壁を作り、その後で今の壁を解体して街の外側を増やすのは一大事業だ。

さらにその場合、既に街として完成しているものを外側に広げるので、様々な店の位置、流通経路の問題が出てくる。

新しい街を、別の土地に作るほうがスマートにいくだろう。

それこそ、土地のほうは余ってもいるのだし。

対して柵のないエルフの村は、生い茂る木の中で、高さにとらわれず家が建っていた。

それはあの森のしっかりとした樹木と、するすると上っていけるエルフの身体能力があってのものだ。

村を見たときも思ったが、人間があの木の上の家で暮らすのは危険だろう。いつ落っこちてしまうかわからない。

「並ぶ建物か、すごい圧を感じる」

「ああ。全部地面に建っている分、密度が高いからな」

三次元的なエルフの村とは違う。道幅はしっかりととっているが、建物のすぐ隣に建物が並ぶ姿は、エルフの森では見られないものだった。

「それに、すっごくいろいろな匂いがするのだ」

広場に繋がるこの道には店が多い。そして広場のほうで出ている屋台の匂いも届いてくる。

歩くだけで漂ってくる食べ物の匂いは、森から出てきたばかりのレナータにとっては新鮮なものらしい。

「なにか食べるか？」

「うんっ！」

とても素直に頷いた彼女に微笑ましいものを感じて、俺たちは広場の屋台へと足を向ける。

「わっ、こっちはさらにすごい人なのだ……！」

広場は通りよりも遙かに多い人が行き交っている。

中央の噴水と、立ち並ぶ出店。

大道芸を行っている人もいる。

賑やかで華やかなその様子を見て、レナータが目を輝かせた。

思わずなのか、握っている手にも力がこもる。

「どうせなら珍しいもの食べようか……といっても、レナータにとってはほとんど珍しいか」

「ああ、知ってるもののほうが少ないくらいだな。珍しいもの、知らないものを制覇しようと思ったら、食べきれないくらいだ！」

彼女は興奮気味にそう言う。

食べ物以外にも、行き交う人々を興味深く見ている。

「まあでも、それはこの先ゆっくり制覇していけばいいさ」

「そうだな！　じゃあ今日は、まずあれにしよう！」

そう言って彼女が指さしたのは串焼きの店だった。

串に刺した肉を焼き、タレをつけたものだ。エルフでも、肉を食べることは禁忌ではないらしい。

「森にはあまり豊富な調味料がなかったからな」

「ああいうタレは珍しいのか。よし、じゃあそれにしよう」

俺たちは屋台へ向かい、串焼きを買う。

「あ……」

会計のため手を離すと、彼女が一瞬戸惑った。

「手だって、何度でも繋げばいいだろ」

「そうだな」

肉を手渡しながら言うと、彼女は微笑んだ。

俺たちはそのまま広場のベンチに腰掛け、串焼きを口に運ぶ。

「わっ、すごいなこれ。味が派手だ！」

肉を噛みしめるとじゅわっと肉汁が溢れるのと同時に、表面のタレがスパイシーな味わいを伝えてくる。

噛みちぎって咀嚼すると、肉のうまみに寄り添うように、甘めの味が広がる。

どうやら、表面につけられたものとは別のタレに漬け込まれているらしい。

少し甘めのタレは肉を軟らかくし、臭みを消すのに役立っているのかもしれない。

「クラウス、次はあっちに行ってみよう！」

串焼きを食べ終えると、レナータはわくわくとした表情で言った。

「ああ。いいぞ」

その後も、テンションの高いレナータと街を散策していった。

日が暮れて屋敷に帰る頃。

俺たちの、手を繋いだ長い影が地面に伸びる。

彼女は夕日に照らされた赤い顔で、俺のほうを見る。

「クラウス、今日は楽しかった。また連れてきてほしい」

「もちろんだ。何度でもこよう」

「ああ！」

嬉しそうに微笑む彼女と共に、屋敷への帰り道を歩いて行くのだった。


夜になって、レナータが俺の部屋を訪れた。

「クラウス、夜のご奉仕にきたぞ」

いつもよりおとなしい声でそう言ったレナータを招き入れる。

風呂上がりなのだろう。

薄い部屋着の彼女はかすかに湯気を立ち上らせ、石鹸の匂いをさせていた。

「さ、クラウス、こっちに」

彼女は部屋に入るなり、前置きもなく俺をベッドへと誘導した。

「そんなに待ちきれなかったのか？」

そう問いかけると、レナータは顔を赤くしながら、小さく頷いた。

「ああ。生活になれて落ち着いてきたら、我慢できなくて」

エルフの里から出ての新生活も数日が過ぎ、彼女も落ち着き始めたらしい。

レナータがこっちの暮らしに慣れるまではそっとしておくつもりだったのだが、彼女のほうから
こうして来てくれるなんて思わなかった。

それなら、俺が変に気を使う必要もない。

「そうか。じゃあおいで」

俺はレナータを抱き寄せ、ふたりでベッドへとあがる。

彼女は俺に近づくと、さっそくズボンに手をかけてきた。

「まずはわたしが、クラウスにご奉仕するのだ」

積極的な彼女に任せていると、すぐに下半身を裸にされる。

「わっ、おとなしい状態のこれを見るのは初めてだな。まずはこれを……はむっ」

レナータは口を大きく開けると、まだ小さなままの陰茎を口に含んだ。

今の状態だとまだ、あっさりと彼女の口の中に収まる。

「んむっ、ちゅぷっ、れろっ。いつもこのサイズなら、ご奉仕もしやすいのだ。ぺろぺろっ、ちゅっ……ちゅるっ！」

温かく湿った口内で舐め回され、その気持ちよさに肉竿が反応を始める。

「んうっ、クラウスのおちんちん、どんどん大きくなってきてるのだ。ちゃんと気持ちよく……ちゅっ、なってるみたいだな。れろっ」

舌先が膨張する肉棒の先端を押し返そうとし、そのまま幹のほうへと滑っていく。

「んうっ、あふっ、ちょ、ちょっと一旦待って。あふっ、クラウスのおちんちん、大きくなりすぎ、んぶっ」

「そう言われても、自分じゃ制御できないからな」

彼女の口淫で勃起してきた肉棒が、その口内をみっちりと埋めて更に膨らもうとしている。

勃ち上がり始めた肉竿は俺自身の意志ではどうにもならず、更彼女の口をわおうとますます勃起していった。

「んぐっ、はうっ、じゅるっ！」

喉まで届きそうになった肉棒を、彼女は慎重に口から出していった。

唾液でテカテカになった完全勃起竿が、手品のようにその口から現れる。

「はぁ、んっ……こんなに大きなの、口に収まりきるわけない……」

そう言って口から出した肉棒を眺めると、今度は手を伸ばしてきた。

両手でぬるぬるの肉竿を握り、ゆっくりと扱き出す。

「手でも隠せない大きさなんて、はぅ……こんなのがわたしのなかに入ってきてたんだよね……んっ、あぅ……」

ぬちゅ、にちゅっ、といやらしい音を立てながらの手コキに、俺も我慢できなくなってきて、彼女の胸へと手を伸ばす。

「あんっ」

むにゅっ、と柔らかい感触が掌に伝わる。

ハリのあるおっぱいを、その柔らかさを堪能しながら揉んでいく。

「あうっ、クラウス、んっ……」

乳房を揉みながら押し倒すと、彼女は抵抗せずに仰向けになった。

俺はそのままレナータに覆いかぶさり、たわわな胸をこね回していく。

「あっ、んっ……」

彼女はもじもじとももをすり合わせ、潤んだ瞳で俺を見上げた。

「クラウス、その、そろそろ下のほうも……」

「我慢できなくなった？」

もっとこの胸の感触を味わっているのも俺としては幸せだが、彼女の期待に答えることにして、手を下へと下げていく。

部屋着の中に手を差し込み、下着越しの割れ目に手を這わせると、くちゅり、と湿った音がした。

「本当だ。これはこっちも触らないといけないくらいになってるね」

「んっ……」

彼女は恥ずかしいのか、小さく顔をそらした。

そんな新妻の反応が可愛らしく、俺はてきぱきと彼女の服を脱がせていく。

下着に手をかけると、クロッチの部分がとろっと糸をひいた。

「あぅ……そ、そんなに見ないで……」

彼女は顔を隠しながら、俺にそう言った。

しかしそんな言葉とは裏腹に、彼女の蜜壺はさらにじわっと愛液を溢れさせ、何かを期待するように薄っすらとその花を開いていた。

「レナータのここは、もっとかまってほしそうだけどな」

「ひゃうっ！　あっ、ぅんっ……そんなに、さわさわと、んっ……」

中には指を伸ばさず、恥丘のあたりを軽く撫でていると、小さく身悶えながらレナータがこちらを見つめた。

潤んだその瞳は、もっと刺激がほしい、と懇願しているようだった。

「クラウス……んっ、そんないじわるっ、ひうっ！」

時折割れ目の上を軽くなであげると、それだけで彼女は敏感に反応した。

焦らしていることで、過敏になっているのだろう。

ねっとりとした愛液が溢れ出し、彼女のそこを潤わせていく。

「あんっ！　あっひゃうっ……そ、そこ、そんなにくぱくぱしないでぇっ……！　んぁっ、あぁっ……ふぅ、んっ」

割れ目を指で押し開き、そのまま戻す。

そんなふうにしていると、彼女の手が俺の手を掴んだ。

「もっと、もっとちゃんと……」

「ちゃんと、なんだ……？　言ってみてくれ」

「ちゃんと触って……ん、クラウスのおちんちんを、わたしの中に挿れてっ！」

「思ったよりも素直なおねだりだ。わかった」

俺は彼女に触っている最中もギンギンだった肉棒を、その入口へとあてがう。

大きく足を開いたレナータの膣口を、そそり勃った肉棒がノックする。

「うぁ……あれが、入ってくるんだ。ごくっ」

「もう、初めてでもないだろう？」

「そうだけど、んっ！」

言いながら、ゆっくりと腰を前へと進めていく。

膣道をかき分け、肉棒が少女の中へと侵入していった。

「んうっ！　あぁぁっ！　あふっ、きてるっ、んっ、ひうっ！　挿れられただけで、いっちゃ、んはぁぁっ！」

焦らされていた分快感が大きいのか、彼女は挿入した直後に大きな嬌声をあげた。

「あうっ、あっ、あぁぁっ……！　クラウスのおちんちん、ずぶずぶってっ！　わたしの中に、んぁあぁぁ！」

彼女自身の感じようもあって、きゅうきゅうと肉棒を締めつけてくる膣襞。

その中を往復していくと、細かな襞に肉棒をがこすりあげられていく。

「んはっ、あっ、ああっ！　クラウス、今は、んっ、まだ敏感だからぁ……ひゃうっ！　あっ、あああぁっ！」

レナータは敏感に反応して、俺にしがみついてくる。

もっと、とねだるような抱擁に、俺の肉竿が喜んだ。

「んうっ、あああっ！」

ぎゅっとしがみついたことで肉棒が奥まで呑み込まれ、彼女の中を押し広げていく。

そのまま腰を引き、ピストンを再開していった。

「あうっ、あっ、クラウスの大きいのが、わたしの中をいっぱいにして、ん、あああっ！　ひう、んはぁぁっ！」

甘い声を上げる彼女の中はとろとろで、細かな襞と擦れ合いながらもスムーズに腰を動かしていける。

「ひうっ、あっ、おちんちんが、襞をごりごり削ってきて、ああっ！　ん、あぁっ、ひゃぁぁぁっ！」

嬌声を上げながらイキ続ける彼女の中で、俺のものも限界を迎えそうになる。

「レナータ、ペースを上げるぞ」

「あっ、んはぁぁっ！　はいっ、クラウス……最後までわたしの中で、んぁっ！　あっあっ、んじゅぼっ、ぬぽぽっと下品な音を立てながら、彼女の膣内をかき回していく。

勢いを増したピストンでその膣奥をつっつく。

「あっあっ、クラウス、クラウスッ！　ひう、あっ、ああっ！　イクッ！　イクイクッ！　イックウゥウウゥゥッ！」

ビュクッ！　ドピュッ、ビュルルルッ！

「んはぁぁぁっ！」

彼女の中にめいっぱい射精した。

精液が彼女の中を白く染め、その勢いにレナータが震える。

残さず搾り取るように収縮する膣襞に、肉棒が締めつけられる。

「あぁ……たくさん出てる……クラウスのザーメン」

「レナータのエッチなおまんこが、搾り取ってくるからな」

「あんっ、まだビクビクしてる、んっ」

射精後の肉棒も存分に膣内でしゃぶられた後、それをそっと引き抜く。

押し広げられていた膣口が、すぐにまた閉じていった。

そこから微かに精液がこぼれ、すでに愛液まみれだったシーツをさらに汚していく。

「クラウス……」

「どうした？」

抱きついてきたレナータの隣へ寝そべり、彼女を抱きしめ返す。

小さくも抱き心地の良い彼女は、俺の胸へと顔を埋めた。

「こっちの暮らしは新しいものだらけで、毎日すごく新鮮で楽しいよ」

「ああ」

甘えるように抱きついてくる彼女を、そっと撫でる。

「みんな良くしてくれるし、こっちきてよかったと思うのだ」

「そうか」

「うん」

その彼女はぎゅっと力を込めて、さらに強く抱きついてくる。

「でも、クラウスのそばが一番安心する」

「まだ、違いに慣れきるには時間がかかるだろうしな」

「ん……」

もう少しすれば、エルフの森からこちらへと出てくる若者も来る。

けれど今は、彼女はこの土地でひとりきりのエルフだ。

周りが好意的だとしても、やはり寂しさは感じてしまうだろう。

そんな彼女が眠りにつくまで、俺はそっと撫で続けていたのだった。

第三章　末姫ゲルトルーデの襲来

　レナータをふたり目の妻に迎えたことで、俺の周りは少し騒がしくなっていた。

　彼女自身が元気いっぱいだから、ということではなく、長年没交渉だったエルフと友好的な関係を結んだからだ。騒がしいのは、領地の外。これまであまり接点のなかった、同じ国内の貴族たちだ。

　エルフと会談を行うどころか、妻として迎え入れるなんて前代未聞。

　これまでの、地味な地方領主としてのすべてが吹っ飛ぶほどの大事だった。

　目の前で困っているエルフたちを見捨てるよりは騒がれるほうがいい、と判断してのことだったし、魅力的なレナータを妻に迎えることができたので、後悔はしていない。

　それに、騒がしくなったといっても、予想よりはマシだった、ということもあった。

　エルフとの婚姻関係——人間がエルフの森へと攻め入って以来なかった出来事は、確かに大きなニュースだった。

　人間側が悪かった、ということが今でははっきりしているので、そんな中でエルフと縁を結べる人間は、和平の象徴や善人として捉えられがちだったようだ。

　その特別性、アピールのしやすさから、俺のような立場を狙いたがる貴族も多いのかもしれない。

　ただ、実際にエルフと縁を結ぶのは難しい。それならいっそ、俺と縁を結ぼうと動くのは珍しいことじゃない。

貴族同士の縁として、一番わかり易いのは結婚だ。

政略結婚というのは普通に行われていることだし、一夫多妻もこの世界では普通だ。

そういう話がこれから、山のように転がり込んでくる可能性も、ゼロではなかった。

しかし、これについては俺の年齢がうまく働いた。

今の俺は、地方商家のエルナとエルフのレナータ、ふたりの若妻を迎えているアラフォー領主だ。

領地の経済状況や爵位など様々なものに左右されはするのだが、一夫多妻といっても三人くらいまでが主流なこの世界で、すでにふたりの妻を迎えていること。

死別しているわけでもない限り、現代日本に比べ平均寿命が短い中でのアラフォーという年齢が、もう一般的には妻を迎える時期でもないこと。

それでも来た何件かの結婚話に乗り気でなかったことから、すぐにそういった話は減っていき、直接的なところでは騒ぎが収まりつつあった。

エルフの村との交流という大きな出来事はありつつも、それは象徴的なもので、世俗的な利益に直結するものではない。

多少の騒がしさ、パーティーなどに招かれる回数こそ増えつつも、俺はこれまで通りの地道な領地経営を行っていた。

だから今日もまた、今までと変わらない書類チェックやサインを終える。

過度の発展を目指さない、のんびりとした生活は、変わらず俺の指針だった。

「お疲れさまです、旦那様」

「クラウス、お疲れー」

部屋に戻った俺を出迎えてくれるのは、ふたりの若妻。

エルナは丁寧な物腰で、レナータは元気に迎えてくれる。

その光景に温かなものを感じていると、レナータが駆け寄った勢いのまま抱きついてくる。

「おっと」

彼女を受け止めて、そのまま抱きあげる。

「クラウス、せっかくならお姫様抱っこを……えいっ」

彼女は自らの足を上へと跳ね上げた。

それを受け止めて、ご要望どおりお姫様抱っこをすると、俺は彼女をベッドへと運ぶ。

「わー。クラウス、ちゅっ」

はしゃぐレナータが、抱っこしている俺の頬にキスしてくる。

妻というより、可愛い娘みたいだ。

「むー。わたしは子供じゃないぞ。んっ、ちゅっ、れろっ！」

顔に出ていたのか、少しすねたように言ったレナータは今度は口へキスし、そのまま舌を突き出してきた。

更に体を密着させ、その大きく育ったおっぱいをふにゅふにゅと押しつけてくる。

「どうだ？　わたしの魅力、思い出した？」

「ああ。レナータは可愛い奥さんだよ」

そう言うと、彼女はとても満足気な笑みを浮かべた。

レナータをベッドに寝かせると、俺はエルナのほうを振り返る。彼女は俺たちの様子を微笑ましそうに眺めていた。

彼女自身レナータとは仲良くなっており、嫉妬のような感情は見られない。ただ、単純にお姫様抱っこを羨ましがっている気配を感じ取ることができた。

「ほら、エルナも」

だから俺は、彼女にもお姫様抱っこをした。

「きゃっ、旦那様っ」

エルナは驚きの声をあげつつも、嬉しそうな表情を浮かべてくれた。

その反応に満足しつつ、俺は彼女もベッドへと連れていく。

「あぅ……」

至近距離で目が合うと、エルナは照れたように顔を赤らめた。

もう何年も一緒にいるのにこうして可愛らしい反応をしてくれるから、恥ずかしいくらいずっとラブラブでいられるのだろう。

エルナを下ろすとレナータに腕を引かれ、俺もベッドへと飛び込む形になる。

「お疲れのクラウスを、わたしたちがエッチに癒してあげるのだ」

レナータが右側から抱きついてくる。

「旦那様の心と体を、スッキリさせるお手伝いをさせて下さい」

すかさず、エルナが左側から抱きついてきた。

ふたりの妻に抱きつかれ、その体を押しつけられていると男としての本能がムクムクと首をもたげてくる。

その間に、エルナとレナータのふたりは体を下へとずらした。

彼女たちは連携をとって俺の足をがっちりと掴む。

そして手早くベルトだけ外し終えると、エルナは器用に口でズボンを脱がせ始めた。

ウエストのところを軽く噛むと、そのままズボンを引き下げていく。

「んっ、しょっ、んんっ」

少し腰を上げて、彼女がズボンを脱がすのを手伝う。

「おうっ」

エルナの顔がちょうど股間のあたりを通るとき、そのままパンツに顔を埋め、ぐりぐりとそこを刺激してきた。

口でズボンを脱がされる、という変わったシチュエーションに反応しかけていた肉棒が、その刺激で更に膨らんでくる。

「クラウスの形が、はっきりわかるようになってきたね。ほら」

レナータがパンツの上から、盛り上がった肉棒をなぞるようにして、唇を動かしてきた。

「あふっ、もっと大きくなってきたね。れろっ」

レナータはそのままパンツ越しに、肉竿を刺激してくる。

唾液が下着を濡らしつつ、唇が竿を愛撫する。

「あはっ、クラウスのパンツ、おもらしみたいになってるのだ」

「もう、レナータが舐めるからだろ」

「ひゃうっ、あっ、エルナっ」

ぺろん、とエルナがスカートを捲ると、レナータが驚いたように両手で抑えた。

「あら？　レナータちゃん、ちゃんと旦那様を脱がせてください。じゃないと……」

「き、気のせいなのだ！　さあクラウス、パンツの中で苦しそうにしているおちんちん、わたしが出してあげるのだ」

彼女は何かをごまかすように言うと、俺の下着を軽く咥える。

「んむ、意外と難しい……」

レナータはやや苦戦しながら、下着をおろそうと顔を左右に動かしている。

すでに肉棒が激しく自己主張しているため、ひっかかるのだ。

「んーっ、これふぇ、いけそひゃうっ」

上手いことパンツを下ろした彼女の顔に、解放され飛び出した肉竿があたる。

レナータはいたずらっぽい、しかしどこかエロい笑顔を浮かべると、下着を中途半端に下ろしたままで肉棒を見つめた。

「そんなに待ちきれないなんて、いけないおちんちんだな。はむっ！」

すばやく肉棒を咥え、その先端をちゅうちゅうと吸った。

「うおっ」

身構えていなかったタイミングでフェラされ、思わず快感に声が漏れる。

「もう、レナータちゃんってば。でも、旦那様の、大きくていやらしいおちんぽを間近で見たら、それも仕方ありませんね。ちゅっ」

エルナもそう言って、竿の半ばあたりへと唇を寄せた。

ぷっくりとした彼女の唇が、幹の部分を優しく擦り上げてくる。

同時に先端はレナータの口内で、ころころともてあそばれていた。

「はむっ、れろっ……」

「ちゅっ……ぺろっ」

ふたりは熱心に、俺の肉棒をしゃぶっている。

「んっ、ぷはっ、クラウス、気持ちいい？」

亀頭を口から出したレナータが尋ねてくる。

「ああ……」

「じゃあ、今度はこっちを、れろっ」

俺が答えると、満足そうに笑ったレナータは、エルナとかぶらないように横から竿を愛撫し始める。

幹の両側を、彼女たちの唇が扱き上げていた。

先端のような鋭い刺激はないが、茎の部分を往復するように動かれると、徐々に射精感が高まってくる。

「れろっ……ぺろぺろっ」

「ちゅぅっ、しゅこっ、れろっ」

エルナは上目遣いに俺の反応を確かめると、一度唇を離し、舌先を動かしてきた。

「れろっ……こうして浮き出た血管を、舌先でなぞると……ぺろっ、どうですか？　れろっ……あぁ……旦那様のおちんぽ、ピクってしました。気持ちいいですか？」

なぞられる心地よさももちろんあるのだが、赤い舌を伸ばして、肉棒を愛しそうに舐めるエルナの表情がエロい。

「んっ、わたしも、れろっ……つーっ」

レナータもエルナを真似て、肉棒に浮き出た血管を舌先でなぞりあげてくる。

「れろっ……ちゅっ、ぺろ」

ふたりの舌先が幹を往復し、俺を興奮させてくる。

「レナータちゃん、ちゅっ」

「あぅ、エルナ、んっ、んんっ」

そして同じように高ぶってきた彼女たちが、俺の肉棒を挟んでキスをする。

「れろっ……ちゅっ、ちゅぅっ」

「んぅっ、ふぁ……れろっ」

彼女たちの舌が両側から竿を愛撫し、唇が重なり合って肉竿を挟む。

絡み合う舌が肉竿を舐め回してきた。

「んっ、れろっ」

「旦那様、気持ちいいれふか？」

ふたりは徐々に顔を上げ、交わる部分を亀頭のところもまでもってきた。

敏感な部分をふたりに咥えられ、舐め回されると気持ちよさでとろけそうになる。

「んっ、旦那様のタマタマがきゅってなりました。そろそろですね」

「れろっ、それに、先っぽも膨らんできてる。ちゅっ。こんなにパンパンになって、れろっ、じゅるっ！」

ふたりは更に愛撫を激しくし、ダブルフェラで俺を責め立ててくる。

「ふたりとも、出すぞ」

「うんっ、ぢゅぅぅぅぅっ！」

「旦那様、じゅぶぶぶぶっ！」

ふたりが肉棒に吸いついて、強くバキュームしてくる！

俺はその導きに任せ、射精した。

「んぶっ！　んっ、ふぁぁっ……！」

「ごくっ！　じゅるっ、んくっ」

ふたりの口内に、俺の精液がぶちまけられる。

どくっどくっと発射されたそれを、彼女たちは口で受け止め、飲み込んでいった。

妻たちの喉が小さく動く。

俺の精液を飲み込んでいるのだと思うと、なんだかとてもエロティックだ。

濃い精液を飲み終えた彼女たちは、どちらからともなくそれぞれ、下着を脱ぎ捨てる。

ふたりとも、そうして無造作に放ってしまうのがおしく感じるほど、ぐっしょりと濡らしてしまっていた。

今その部分がどうなっているのか、見るまでもなくわかる。

「あふっ……んっ、旦那様、あの……」

「次はわたしたちに、ね？」

ふたりとも発情した顔で俺を見ていた。

若妻ふたりの妖艶な表情に、出したばかりの俺もすぐ臨戦態勢になる。

彼女たちの唾液で滑《ぬめ》りながら光る肉竿を震わせながら、俺はふたりに言った。

「じゃあ、ふたりとも体を重ねるんだ。同時に気持ちよくなれるようにね」

「「はいっ」」

ふたりとも、嬉しそうに頷くとすばやく体を重ね合った。

背の高いエルナがベッドに仰向けになり、その上にうつ伏せのレナータが乗っかる。

後ろにいる俺からは彼女たちの、ぬれぬれで男を待ちわびているいやらしいおまんこが、まる見えになった。

「あっ……」

「はぅ……」

ふたりともおっぱいが大きいので、互いに重なるそこが、むにゅぅぅっといやらしくひしゃげている。

後ろから見ても横から見ても、そそる光景だ。

美女ふたりがこうして自分を誘っている、という状態も男冥利に尽きる。

「んっ、エルナ、あっ、ふっ……」

「レナータちゃん、んっ」

正面から重なっているふたりが、軽く照れながらも見つめ合う。

俺はまずレナータの尻をつかんで、秘部がまる見えになるようにした。

「レナータ、もう少し腰を下ろして」

「ん、わかった。ふっ……」

俺の言うとおり、彼女が腰を下げる。

そうすると、美女ふたりのアソコがくっつく形になる。

俺はたぎる剛直を、そんなふたりの間めがけて挿入していく。

「あうっ、旦那様の熱いおちんぽがっ、んっ」

「わたしのアソコに擦りつけられて、んっ」

肉棒はぷにっとふたりの大陰唇を押し開き、その隙間へと入っていく。

「んぁっ！」

「ひゃうっ！」

割れ目を擦るように腰を前後させていく。

ふたりのそこからあふれる愛液で、俺の肉竿はすぐにコーティングされていった。

そのままふたりの秘部に、肉棒をこすりつけながら抽送する。

若妻ふたりのおまんこサンドイッチだ。

押し広げた陰唇を、くちゅくちゅと音を立てながら擦り上げる。

膨らんだカリの部分がクリトリスに当たる度に、ふたりともがビクンと体を反応させる。

「あぅっ、旦那様ぁ……」

甘い声でエルナが鳴くので、肉棒の角度を調整し、彼女の淫芽を裏筋の部分で擦り上げる。

「んはぁっ！　あっ、ダメぇ……旦那様、あぁっ！」

残念ながらその顔は見えないが、声と震える体でエルナが感じているのは十分伝わってきた。

挿入せずに互いの敏感な場所をこすり合わせるのは、セックスがただただ快楽を求めるだけの行為だということを突きつけてきて、より深く快感を呼び起こした。

「あっ、エルナ、下からそんなにされたら、んっ」

体を重ねているレナータも、胸や腰などを突き上げられて艶めかしい声をあげる。

俺は今度は肉竿の先端で、レナータのクリトリスを擦り上げた。

「ひゃっ、ああっ！　クラウス、んっ、お豆さんぐりぐりするのらめぇ、ああっ！」

ビクビクッと体を震わせながら、レナータが喘ぐ。

「ひゃうっ、レナータちゃん、旦那様、そんなに、んっ」

レナータが快感に身悶え体重をかけると、下にいるエルナを押しつぶす形になる。

ついでに、間にある俺の肉棒も、ぎゅっと彼女の入り口へと押しつけられる形になった。

「あうっ、エルナ、ごめっ、んぁっ、重い？」

彼女を気遣うようにしながらも、快楽に負けてかレナータがぐいぐいと腰を動かしている。

「ん、あぁっ……いえ、重くはないのですが、ああっ！　ちょっと、んぁっ！　そんなにぎしぎし動かれると、んっ！」

レナータ自身の動きで、エルナの割れ目を、俺の幹の部分がぐりぐりと押し広げている。

そしてそこにかかる重みは、エルナのそこをますます強く擦り上げていくのだ。

ふたりのぷっくりおまんこに挟まれて気持ちいい反面、上下からの押しつけだけでは、やはり物足りない。

俺は再び前後へと、強い抽送を始めた。

「ひゃうっ、あっ、旦那様あぁっ！　今おちんぽ動かされると、私っ、ああっ！」

「クラウス、あっあっ、もっと、もっとぐりぐりって！　わたしのアソコもぐりぐりしてぇっ！」

言葉こそ反対ながら、ふたりは同じことを要求してくる。

俺はふたりの要求に答えるため、そして俺自身が気持ちよくなるために、もっと激しく腰を動かした。

勢いでふたりの愛液を飛ばしながら、その土手とクリトリスを擦り上げ、押しつぶしてピストンを行っていく。

「ああっ！　やっ、らめっ、イクッ、イクイクッ、イッちゃうぅっ！　旦那様、旦那様ぁっ！　あっ、あぁぁぁぁっっ！」

「クラウスっ！　あっ、わたしも、もうイクゥッ！　あぁぁっ！　やっ、あっあっ、はぁ、んはぁぁぁああっ！」

ドピュッ！　ビュルルルルッ！

ふたりが絶頂するのに合わせて、俺もおまんこサンドの中で思いっきり射精した。

「ひゃうっ、お腹、やけどしちゃいそうです」

「クラウスのザーメン、お腹でぬるぬるしてるぅ……」

ふたりのお腹に精液をぶちまけ、俺はゆっくりと腰を引いた。

「あっ、はぅっ……」

レナータもエルナの上からどいて、隣に横になる。

ふたりとも俺の精液をべっとりとつけていて、まるでマーキングしたみたいだ。

「あう……気持ちいいけど、ちょっともったいないな……」

レナータはお腹に飛んだ精液を指ですくいながらそう言った。

「大丈夫ですよ、レナータちゃん。旦那様はまだまだ元気ですもの。ね？」

エルナは熱い眼差しを俺の肉棒へと向けた。

控えめなようでいて貪欲なエルナの声色に、ぞくりと腰にしびれがはしる。

「エルナは本当にエッチだな」

「……エッチなお嫁さんは、嫌いですか？」

涙ではなく、情欲で瞳をうるませてエルナが尋ねる。

お腹に精液を乗せたまま、誘うようにこちらを見つめている。

顔とお腹の間では、その爆乳が呼吸に合わせてふるふるとこちらを誘っていた。

「まさか。大好きさ」

そんなエロい姿を見せられて、奮い立たない男などいないだろう。

俺はスケベな笑みを浮かべると、再び彼女たちに襲いかかったのだった。

†

大半の貴族たちからのアプローチは、すぐに落ち着いた。

乗り気じゃない俺相手に結婚を迫っても、メリットが少ないからだ。

爵位が上の者は、こちらが望むなら、という形で誘いをかけてはきているが。

エルフのことは、もともと自分の領地にモンスターが出るから解決に出向いたもので、その中で困った彼らを見捨てられずに助けただけだ。

本来なら地味な地方領主として、のんびり一生を終えるつもりだった俺に、出世欲はない。

それは、レナータを迎えたことで中央から声がかかり、チャンスになっても同じことだ。

そもそも出世を狙うなら、若い頃にちゃんと貴族同士で結婚している。

しかし、俺が出世や名声を狙っていないからって、他の人間がそうとは限らない。

それは権力を狙う貴族のみならず、すでに頂点にいる王家ですら惹きつけたようだ。

「……なるほど」

俺は王家から送られてきた手紙を読み、思わずつぶやいていた。

そこに記されていたのは、王家もエルフと縁を結んだという実績がほしいということと、そのための使節団として、末姫ゲルトレーデを送るということだった。うちの領の視察も兼ねているらしい。

他の貴族であれば、突っぱねることもできる。しかし王家となると話は別だ。

いや、どうしても断るつもりなら、他国に渡りをつけて王家と駆け引きすることも可能だろう。

しかし、そんな面倒なことをしたいとも思わない。

それよりは、お姫様ひとり迎え入れたほうが楽というものだろう。

向こうもこちらのスタンスを最大限尊重し、姫を送り縁を作るだけ。あくまで俺は地方領主のままであり、王都の政治には関わらなくていい、と言ってきている。

「まあこの条件なら、断らないほうが無難だろう」

俺が新たな政略結婚を断っていたのは、興味のない勢力争いに巻き込まれることになるからだ。

その点、今回の話は悪くない。

もし王族との結婚とでもなればもう一度大きく目立ってしまうが、それ以降はむしろ、王家とのつながりを盾にできるようになる。

「となれば、問題は送り込まれてくる姫様本人か」

王家の末姫のゲルトルーデは、かなり年下だ。政略結婚に本人の意志など関係ないし、この世界ではそれが普通だとはいえ……元現代人の俺としては、やはり家の都合だけで嫌々関係を結ぶのがいいことだとは思えない。

拒否権などないのだから、せめてうまくやれるよう祈っておこう。

とりあえず、遠くから来た彼女が不自由しないよう準備を進めておくことにしたのだった。

もちろん、彼女とレナータを引き合わせ「エルフと友好的な関係になりました。では姫様をお返しします」になれば一番楽でいいが、そう簡単にもいかないだろうな……。

王族であるゲルトルーデが確かな実績をしめすため、エルフ族長との会談も準備されていた。一度アーベライン領で姫が落ち着いてから会談に望む、というスケジュールのようだ。

「クラウス様、ゲルトルーデ様がじきに到着されるようです」

「わかった」

役人からそういった話を聞いた俺は、お姫様を出迎えるために表へと出る。

今は少しだけ立場が強いとはいえ、あくまで俺は一領主、向こうはお姫様だ。

根本的なところで身分が違う。

俺が出迎えに赴くと、程なくして豪奢な馬車が到着する。

そして扉が開き、従者が差し出す手を受けながら、彼女が現れた。

俺は礼儀として、膝をついて姫を出迎える。

「ゲルトルーデ様、ようこそおいでくださいました」

「ご苦労。でも、あなたはそんなにかしこまらなくてもいいのよ？」

デルトルーデは鷹揚にそう言った。

人の上に立つことに慣れている所作だ。

「お言葉、恐悦至極にございます。臣民としてゲルトルーデ様にお仕えさせていただきます」

俺は礼を失しないよう、そう答えた。

「ふーん、そう」

ゲルトルーデはつまらなそうに言った。

彼女の噂は、これまでにもたくさん届いている。

尾ひれが付き放題だろうから、その詳細については疑わしい部分も多い。

だが、総じて「末姫として甘やかされた彼女はとてもわがまま」という話でまとまっていた。

今年で十八になるが、婚約者もいない。これは王族では、かなり珍しいことだ。

貴族の中には、様々な事情があって結婚が遅れる者もいる。

例えば貴族の結婚にはかなりの金がかかるため、爵位はあっても家自体が傾いて金策にはしっているとか。

あるいは家格の釣り合いや、本人の性格などで、なかなか折り合いがつかない者もいるだろう。

しかし、王家ともなれば話は別だ。

普通ならすぐに婚約者が決まり、十八ともなればその相手と結婚していているのが普通。

情勢によっては十二あたりで結婚していてもおかしくない。今は平和で、王家も安定しており、政略結婚の必要がない、というのも事実だ。

しかしだからと言って、姫が十八で婚約者もいないというのはおかしい。

その理由が、彼女がわがまま姫だから、という話だった。

「仕えてくれるというのなら、飲み物をお願いできる？　甘いものがいいわ」

「かしこまりました」

俺は目配せをして、使用人に後を任せる。

到着直後はまず、俺がホストとして彼女の相手をする予定だ。

向こうも馬車での移動直後に相手の領主とお茶するのは疲れそうだが、慣習として当たり前になっているから、そうでもないのかもしれないな。

あまり他の貴族と交流をしてこなかった俺には、まだなかなか慣れないイベントだが。

テーブルへと案内すると、すぐに飲み物が出される。

彼女の希望に応えて、果汁を用いたドリンクだ。

ゲルトルーデはそれに軽く口を浸けると、驚くように目を見開いた。

そして、柔らかな笑みを浮かべる。

「とても美味しいですわね、これ」

「それはよかったです」

甘いもので年相応の笑みを浮かべる彼女は、聞いていた印象とはだいぶ違う。

確かに意志の強そうなつり目や、すっと通った鼻立ち、鋭く華やかな美人、という印象の彼女は怖そうにも見える。

「ね、なにかお菓子はないの？　飲み物でこれほどなのだもの、とても期待してしまうわ」

「ええ、少々お待ちを」

がっついている、というよりは、出すのが自然だとでも言いたげに要求してくる彼女は、確かにわがままとも呼べるのかもしれない。

だが、このくらいなら可愛いものだ。

目配せをするまでもなく、使用人は彼女へとケーキを運んできた。

この国では、スポンジケーキというのはまだあまり見られずに珍しい物だ。

かつて王都でも見つかなかったので、今アーベライン領内で俺が流行らせ始めているところである。

生クリームを使ったショートケーキなのだが、こちらでは年中同じ果物が手に入るというわけではないので、その季節ごとに旬の果物を乗せるようになっている。

まだケーキのイメージが定まっていないからこそ、使う果物も店によって様々でちょっとおもしろい。砂糖が高価ということもあり、ケーキ自体を無駄にしてしまうような悪ノリだけの商品が溢れていないから言えることかもしれないが。

そして今日のケーキには、梨があしらわれていた。

ゲルトルーデは物珍しそうにしつつも、ケーキを口へと運ぶ。

「すごい！　……こほん、これは素晴らしいお菓子ですわ」

思わず大声を出し、恥ずかしそうに言い直すゲルトルーデ。どうやらケーキは気にいってもらえたらしい。

　彼女はそのままひとしきり夢中で食べると、何事もなかったかのように口を開いた。

「クラウスはやっぱり優秀なのね。エルフの件は話題になっていたし、それをきっかけに領地の運営がとてもうまく行っていることが話題になっていたけど、文化レベルまで高いなんて。これ、特産品として通用するレベルですわよ」

「いえ、エルフの件は偶然領地がここにあったからで、王家の力でもあります。領内の状況は、仕えてくれる者たちが優秀なだけですよ」

「そうかしら？」

　ゲルトルーデは訝しむようにこちらを見る。そしてふっと笑みを浮かべる。

「まあ、王家の力だと思っているからこそ、エルフとの会談も整えてくれたのですわよね」

「ええ、もちろんです」

　俺は当たり障りない態度で彼女の言葉を受けていく。

　招かれている側と考えればゲルトルーデの態度はどうかと思う部分も多いが、なにせお姫様だ。一貴族に対して偉そうでも、それが当然と言える。

　若い頃ならともかく、今はもう、若いお姫様がちょっと態度がでかいくらいのことで俺も怒ったりはしない。

　その態度にふさわしいくらい大きな、彼女のおっぱいを眺める余裕があるくらいだ。

大きな胸に細いウエスト。背が高くスラリとした印象だというのに、お尻などはむっちりと柔らかそうで目を惹く。

わがまま姫は体つきも大層わがまま……そんなアホなことを考えながら、彼女の言葉をやり過ごす。

ゲルトルーデの服はきらびやかなドレスで、胸元も大胆に開いている。

そんなデザインでは、こぼれそうな彼女の爆乳をちっとも隠せず、むしろかなりアピールするような形になっていた。

似合うかどうか、という意味でなら、とてもよく似合っている。しかし、姫様がこの格好をしているというのは、かなりの試練だな。

男なら誰でも引き寄せられてしまいそうなたわわなおっぱいを、こんな風にアピールされているだけでもある意味、俺には残酷な状況なのに、彼女はお姫様だ。

手を出すどころか、いやらしい目で見ていることを咎められたら大惨事だ。……王都で開かれるパーティーなどの場面では特にそうなるだろう。

幸い、ここは辺境のアーベライン領。そういった醜聞や過激な世界とは遠いところにある。

もちろん、手を出せば問題に……いや、この場合はならないのか……？

責任はしっかり取らされるだろうけれど。

ゲルトルーデを送ってきた王家の狙いとして、俺と結ばれてくれればなお良い、というのが透けて見えるのだから。

「クラウス、部屋に案内して頂戴」

「はい。では……」

俺が使用人へと目配せすると、彼女はそれを遮った。

「あなたがエスコートして。いいでしょう？」

「ええ、喜んで」

本来、領主である俺に言いつけることではない。貴族の中にはこういった使用人のような扱いに強い屈辱を覚えるタイプもいるだろう。

が、まあ俺としては別に受け流せる程度のことだ。

たしかに彼女はわがままな部分が多そうだが、今のところ、それは小さな女の子の振る舞いといった程度のことで、大人として流したり見守ったりできるくらいのことだった。

「ではお手をどうぞ」

「へえ、あなたは結構気が利くのね」

意外そうな声色で、彼女は俺の手をとった。

どうやら、いろんな相手にこう言うことをしているようだが、それは相手を値踏みする意図もあるらしい。

考えなしのわがまま、というわけでもないのだろうか？

ともあれ、俺は彼女を部屋へと案内する。

ではこれで、と身を翻しかけた途端、彼女はすばやくベッドへと腰掛け、俺を呼び止める。

そしてゲルトルーデは、こちらへと足を向けた。

「ね、移動で足がつかれてしまったわ。かといって、わたくしの足を平民に触らせるわけにはいきませんの。クラウスがマッサージしてくださる？」

足を組み、こちらへと突き出すようにしながら、ゲルトルーデが言う。

通常、貴族を相手にする態度では決してないし、これは婚約者がいないというのも納得だなぁ、という奔放ぶりだ。

タイミング的に、ただのかまってほしがりという気もするのだが、さて。

「……ああ、嫌なら構いませんわよ？」

こちらを試すように、彼女がそう言う。

魅惑的な足を組み替えながら、ゲルトルーデは誘うような目つきで俺を見た。

貴族に足を揉ませるなんて本来ありえないことで、しかし彼女はお姫様だから大抵の人は断れない。

わがままにしても度が過ぎる、と感じる人が多いのもこれなら納得だった。

「いえ、ではマッサージさせていただきますね」

俺としては、それも別に構わないが……。

ただ、エルフと会談するときにもこの態度だと、流石にまずい。

なのでここはちょっと彼女にお仕置きをして、エルフの前でだけでも態度を改めて貰おうことにしよう。

俺がするのは、あくまで彼女が命じた足のマッサージ。

その結果、コリも心もほぐされた彼女が、素直になるのはいいことのはずだ。

「クラウス、本当に嫌なら、止めてもいいわよ？」

俺の顔から何かを感じとったのか、少し不安そうにゲルトルーデが言う。

そんな表情は、高飛車なときと違い、少し可愛らしい。もちろん、そんな顔くらいで許しはしないが。

「いいえ、喜んでマッサージさせていただきますよ」

彼女の教育が半分、俺自身の嗜虐心が半分という感じで、俺はゲルトルーデ姫の白く細い足へと手を伸ばしたのだった。

「んっ」

脚に触れると、彼女が小さく声を出す。

まだ、軽く触れただけだ。

まずは普通に、足の甲からふくらはぎへかけて揉んでいく。

お姫様としてあまり自分で移動しないだろう彼女の足は、とても細い。

社交の場に出てもお姫様が立ちっぱなしということは少ないため、筋肉が必要でないのだ。

その分細く美しい彼女の足を感じながら、ぐっぐっとまずは普通にマッサージしていく。

筋肉がないため、細いながらも彼女の足は柔らかい。

思った以上の触りごこちに、いたずら心がムクムクと膨らんでくる。

「ひゃっ……あっ」

彼女は少しくすぐったそうな声をあげるが、まだおしおきはこれからだ。

ふくらはぎをマッサージした後、俺の手は足の裏へと向かう。

まずは第一段階、足つぼだ。
貴族は大抵、偏った食生活に運動不足が重なり、体のバランスが崩れている。
悪いところが痛い、という足つぼは効果てきめんなはずだ。
「ひゃっ、あああああっ！」
土踏まずの辺りを押し込むと、彼女がわかりやすく悲鳴を上げた。
これまでのどこか気取って背伸びした声とは違う、はしたない悲鳴だ。
「ちょっとクラウス、あなたなにやって、ひぅっ！　あっ、痛い、痛いからっ！」
ゲルトルーデは、抑えられている右足以外をばたつかせながら叫ぶ。
しかし俺は彼女を逃さずそのまま足つぼマッサージを続けた。
「ひうっ、あっ、やめっ、んんーっ！　あぐっ！　あっ！」
バタバタと暴れる彼女の足が、俺を蹴り飛ばした。
ちょうどタイミングよく決まって、綺麗に後ろへと倒れてしまう。
俺は倒れ込んだまま、蹴りを入れた彼女を見上げた。
ばたつかせていた体を固まらせている彼女は、蹴り足すらもあげたままだ。
角度的に、パンツが思いっきり見えている。
突然蹴られて驚きはしたが、所詮は鍛えてもいないお姫様の蹴り。
別に起き上がれないほど痛かったというわけではない。
むしろ、反応が良かったからってちょっとやりすぎたかなー、と思っていた。

「ご、ごめんなさい！」

そんな俺に、彼女は慌てたように謝ってきた。

そこにあったのは、貴族にいきなり足のマッサージを要求するような、高飛車でわがままなお嬢様の顔ではなく——人を蹴ってしまったことを恐れて詫びる、ただの女の子の表情だった。

「え？」

「え？」

思わず疑問の声をあげた俺に、彼女も疑問の声を返す。

俺が怒るでもなくただ見つめ返したのが不思議だったのかもしれない。

一瞬怯えたような表情を見せた彼女だったが、俺が怒っていないというのがわかると、再び胸を逸らして足を突き出してきた。

「こ、今度は痛くないようにしなさい」

「……ええ、わかりました」

彼女は甘やかされてわがままに育ったと聞いている。そして実際、お姫様という立場を使って、強く出られない貴族に向かって無茶な要求をしている。

その一方で、誤って蹴りを入れたときは動揺していた。

単に自分勝手なだけ、というわけでもないのかもしれない。

まあ、わがままであることは変わりないのだけれど。

痛くするなと言われたので、足つぼはもうやめだ。

ただ、足の裏というのは、つぼ以外にも触りがいのある場所だったりする。

「それと……クラウスはわたくしに慇懃な態度をとらずともよいですわ」

「ほう……」

「特別ですわ。その……エルフと友好関係になったあなたの偉業を、それだけ認めている、ということです」

「それはそれは……ではお言葉に甘えて。先程痛くしてしまった分、ゲルトルーデの足をいたわってやろう」

「ええ……そうして、ひんっ！」

俺は触れるかどうか、というくらいのソフトタッチで彼女の足を撫でる。

ゲルトルーデはビクッと敏感に反応して、俺を睨みつけた。

そんな彼女に構わず、俺は足の裏を撫で、そのまま指と指の間を軽くくすぐっていく。

「ひっ、あ、あはっ……ちょっ、ちょっとまって……」

彼女はくすぐったさに身を捩る。

しかし俺は構わず、指の間や足の甲を丁寧に撫で上げていった。

「んふっ、あっ、くすぐった……あっ、あふぅっ」

漏れ出る吐息に構わず続けると、最初はただくすぐったさを感じていただろう彼女の声が、徐々に色を帯び始める。

「ちょっと、まってて っ、これは、ひんっ！」

身悶える彼女はなかなかにセクシーだ。

普段の態度が大きいからこそ、可愛らしい姿がギャップで更に際立つ。

とここで、俺は本題を切り出す。何も、ただ楽しんでいるわけではないのだ。

「ゲルトルーデに気をつけてほしいことがある」

「な、なにっ？　あっ、んっ……」

彼女は漏れる声を抑えるかのように、口を塞いだ。

声を出さないようにしながら、足への愛撫に耐える彼女はとても艶めかしい。

「俺たちは王国民だからまだいいが……エルフに対しては、今日みたいな態度をとられると困る。たとえこっちではお姫様でも、向こうからすれば同じ人間。威圧的だと、せっかくの友好関係が台無しになる可能性があるからな」

「んっ、んんっ」

彼女はこくこくと頷く。

「会談中は、偉ぶったりわがままを言ったりせず、おとなしくできるか？」

「はいっ、できまひゅっ、あはっ、んっ、ぅっ。できますから、んぅっ！」

「そうか。なら良かった」

俺はそう言って、彼女の足を開放する。

ゲルトルーデは顔を真っ赤にして、涙目でこちらを睨みつけた。

やや乱れた服装の彼女からそんな目で見られると、嗜虐心がゾクゾクと刺激されてしまう。

「わ、わたくしになんてことを……」

「足のマッサージだ。いけないことはしていない」

彼女は息を整えながら続ける。

「エルフの件はわかりました。だけどその分、あなたには責任をとってもらいますからね！　こんなことをして……わたくしを、んっ」

彼女は軽く身じろぎをすると、改めて俺を睨む。

「夕食になったら呼んでくださいませ！　それと、使用人ではなく、あなたがくるように！」

「承知しました、姫様」

「い、いまさらかしこまらないでくださる!?」

俺は肩をすくめると、ひとまず部屋を後にするのだった。

†

そしてエルフとの会談は、滞りなく終わった。

事前に言い含めてあったおかげか、ゲルトルーデもおとなしくしており、わがままさえ言わなければ綺麗で素敵なお姫様に見える彼女は、エルフからも好感を得られたようだ。

「どうですかクラウス。しっかりやれたでしょう？　わたくしを讃えて、またケーキを用意してもいいのですよ？」

ドヤ顔で胸をはるゲルトルーデ。その爆乳が強調されてぶるんと揺れる。

彼女はその風貌やわがままっぷりから、強気で傍若無人だと思われがちだが、実はただの寂しがりで甘えん坊なのではないか、と思うようになってきてた。

今回のような、本当に怒られるような場面ではおとなしくしているし、今の発言も甘えて褒めてほしがっているように見える。

「ああ、よくやったな」

そう言って彼女の頭を撫でると、ゲルトルーデは顔を赤くして俯いた。

「ちょ、ちょっと、頭を撫でるなんて不敬ですわよっ」

彼女は慌てたように俺から離れると、撫でられていた頭を隠すように押さえた。

そして一瞬表情を緩ませた後、それを引き締めてこちらを指差す。

「わ、わたくしは部屋に戻りますっ。あとでまた呼びますから、使用人ではなく、あなたがこられるようにしておきなさいましっ！」

そう言い放ちつつも、彼女はてとてとおしとやかに部屋へと戻っていった。

荒ぶっているように見えても、施されたお姫様としての良識が、大股開きで闊歩する、なんてことを許さなかったのかもしれない。

結果としてあまり怒っているようには見えない、迫力のない感じになっている。

そんな彼女を見送っていると、入れ替わりにエルナが部屋へと入ってきた。

「お疲れ様です、旦那様」

エルナはいつものように落ち着いた素振りで俺をねぎらってくれる。

そのまま彼女とテーブルにつき、お茶をすることに。

運ばれてきた紅茶を飲みながら、彼女とゆったりした時間を過ごす。

これといって、意味のある話をするわけではない。

ゲルトルーデの相手をしたり、様々な調整があったりして忙しないここ最近だが、こうしてエルナと一緒にいる時間はのんびりとできる。

ゆったりとした雰囲気の彼女はいつも、疲れた俺を癒してくれる。

ぼんやりと彼女を眺めていると、目があってエルナは微笑んだ。

「旦那様はお疲れのようですね」

「ああ……まあ、ちょっとな」

体力的な大変さというよりは、精神的に疲れることが多い。なにせ地味な領主から一転、エルフと交流を持ち、お姫様を領地にお迎えする立場になったからな。

しかし役人たちはここ最近張り切っていて、とてもいきいきと働いている。

冴えない田舎だと思っていたら、途端に話題の中心になってしまったからな。

元々、役人というのは名誉こそあるが大変な仕事だ。

看板こそ領主だが、実際の業務は役人が中心となるし、気まぐれで口を出す領主にも対応しないといけない。

それでも自分たちが住む領地をよくしよう、という気概のある人間が、試験を受けて入ってくるのだ。

そんな彼らにとっては、今回の大事もそれだけやりがいのある仕事、ということらしい。

もちろん大変ではあるのだろうが、それ以上に楽しそうだ。

すごいことになってるなぁ、と気をもんでいるのは俺だけのようである。

「旦那様のお疲れを癒やすのは、妻の務めです」

そう言って笑みを浮かべた彼女は、俺の隣へとやってきた。

そして身を寄せると、太腿の辺りを軽く撫でてくる。

ふっと彼女の甘い香りが鼻孔をくすぐり、そのしなやかな手が俺を誘っていた。

外では俺の三歩後ろを歩くようなエルナも、家の中では妖しく迫ってくる。

もちろん、そこには俺の心を癒やす、という目的もあるのだろう。

しかしそれ以上に、潤んだ彼女の目は俺を求めているように思えた。

「そうだな。それじゃ、今日はエルナにいっぱい癒してもらおうかな」

「はいっ」

彼女を連れて、ベッドへと向かう。

「あんっ」

そしてそのまま勢いで押し倒すと、彼女は仰向けで俺を見つめた。

ベッドの上で横になる彼女は、いつ見ても魅力的だ。

そんなことを思っていると、にゅっと彼女の手が伸びてきて、俺もベッドに引きずり込まれる。

「旦那様……さあ……力を抜いて下さいませ」

そう言いながら、エルナの手が俺の服を脱がせていく。

俺も彼女の服を脱がしていき、ふたりですぐに裸になった。

「んっ、まずは旦那様のここを、元気にしないといけませんね」

彼女の手が伸び、まだ縮こまっている陰茎をふにふにと刺激する。

「あっ、もう旦那様っ」

その隙に、エルナのおっぱいを両手で揉み始めると、彼女は弾んだ声をあげる。

「旦那様は、私のおっぱいがお好きですか？」

手の中で膨らんでいく肉竿を愛おしそうに撫でながら、彼女が尋ねた。

「ああ。こんなに柔らかく手に吸いついてくる極上のおっぱい、好きじゃないはずがないだろう。ほら、こうして指の隙間からはみ出る乳肉もとてもいい」

「旦那様ってば……そんな言い方、エッチです」

言葉は咎めるかのようだが、彼女の声はむしろ喜びに彩られている。

恥ずかしさをごまかすかのように、しゅこしゅこと肉棒をしごいてくる。

俺は起ち上がってきた彼女の乳首をつまみ、それを指でくりくりと刺激した。

「んっ、あっ……旦那様、やんっ！」

片方の手は乳房への愛撫を続けたまま、もう片方の手を下へおろしていく。

彼女の細いウエストを通り、軽くおへそをくすぐって、その下にある土手へとたどり着く。

「んっ……」

わずかにうるみを帯び始めたそこを軽くなで上げ、その花弁を押し開いた。

「あっ、んっ！　旦那様っ」

エルナは体を押しつけるように俺へと抱きついてきた。そのとき……。

「クラウス！　どうしてわたくしの部屋にこないんです……の……あっ……」

バンッ！　と勢いよく扉を開けて入ってきたのは、ゲルトルーデだった。

彼女は豪快に扉を開いた姿勢のまま、裸の俺たちを見て固まる。

「きゃっ、ああっ」

驚いたエルナは、反射的にシーツを手繰り寄せて体を隠した。

ゲルトルーデはフリーズ状態のまま、みるみる顔を赤くしていく。

「あっ、あの、これは、そのっ、ご、ごめんなさいっ」

驚きと羞恥で震えながら、彼女はしどろもどろに謝る。

それだけ慌てられると、こっちは逆に冷静になるな……。

「とりあえず、扉を閉めてくれ」

「そ、そうですわねっ」

彼女は勢いよく頷くと、そのまま扉を閉めた――。自分は、部屋の中に入った状態で。

相当テンパってるみたいだ。

そして真っ赤になった彼女の視線は、もはや臨戦体勢で雄々しく勃ち上がっている俺のペニスへと向いている。

ちょっとしたアクシデントくらいで、そうすぐに萎えるものでもないそいつは、空気を読まずにギンギンだった。

「あぅ、あの、えっと……」

強気に見えてやはり逆境に弱いのか、ゲルトルーデは混乱している。

ただ、お年頃で興味津々なのか、その目はチラチラと主張の強い俺の肉棒へと向けられていた。

「大丈夫ですよ」

そんな彼女の元へ、シーツを巻き付けたエルナが向かう。

「ゲルトルーデ様、こちらへどうぞ」

「あ、うん、ありがとう」

エルナはゲルトルーデを、何故かベッドの上へとあげる。

そして、俺の正面へと連れてきた。

「ゲルトルーデ様も、興味があるのでしょう？　これは決して怖いものではないから、大丈夫ですよ」

「そ、そう……」

混乱しているゲルトルーデは、エルナの勢いに押されておとなしくなっている。

お姫様に肉竿を見せつけるとか完全にアウトな行為だが、だからこそこのままなし崩しでゲルトルーデを参加させてしまおう、というエルナの狙いもわかった。

ゲルトルーデが訴え出れば一地方領主の首など飛びかねない――エルフの件もあるし、本当に首は飛ぶことはないだろうが――事態だが、彼女が受け入れるのなら、責任をとって嫁に迎えるというのは、向こうも想定していることなのだから。

「ゲルトルーデ様、せっかくですから、男性についてお勉強してみませんか？」

「え？　あ、ああ、そうね。クラウス……あなたはそれでいい？」

「あ、ああ……」

俺が頷くと、彼女は赤い顔で頷いた。

「それじゃあクラウス、わたくしに殿方のことを教えなさい」

少し震える声で、そう命じたのだった。

「ゲルトルーデ様、まずは服を脱いでしまいましょう。今、この部屋の中で服を着ているのは貴女だけです」

「えっ、あっ、でも……」

彼女は俺のほうを見る。そしてすぐに顔を逸らしたものの、数秒間沈黙した後、頷いた。

「そうね。わたくしだけ服を着ているのは、不公平よね」

そう言って、ゲルトルーデは服を脱いでいく。

ぱさり、と彼女の服が床へと落ちる。

エルナに匹敵するほどの爆乳が、解放されて弾むように揺れる。

そして引き締められた腰と、丸みを帯びたお尻が露になった。

ゲルトルーデはその強気な風貌に見合った魅惑的な体を、恥ずかしそうに縮こまらせていた。

そんな動作すら、爆乳をむにゅむにゅと強調するようになってしまう、反則みたいな体だ。

「あぅ……クラウス、今、それがピクってしましたわ」

「ゲルトルーデ様の裸を見て、興奮したのですよ」

そう言いながら、エルナの手がきゅっと俺の亀頭を握った。

彼女の手はからかうように軽く愛撫すると、すぐに離れた。

「さ、ゲルトルーデ様。殿方の勉強をしましょう？　無節操なおちんちんをちゃんとしつけるのも、淑女の嗜みです」

「おい……」

何やら不穏なことを言ったエルナだったが、その顔には笑みが浮かんでいる。それは怒りを隠しているとか、あるいは生徒を見る優しいものとかそういうのではなく……教えて反応を楽しもうという、新たなプレイに対する妖しげな好奇心だった。

「それと一緒に、ゲルトルーデ様も気持ちよくなってもらいますね」

「ひゃうっ」

後ろから裸のエルナに抱きしめられ、ゲルトルーデは驚きの声をあげる。

しかしエルナの包容力や癒し力のせいか、抱きしめられて少しすると、むしろ前より落ち着きを取り戻したようだ。

「さ、始めましょう。まずは旦那様のおちんぽを握るのです。大切なところだから、まずは優しくね」

「え、ええ。わかったわ」

おそるおそる伸びてきたゲルトルーデの手が、勃起竿に触れる。

「わっ、熱い……これが、殿方の……んっ」

ひんやりとした彼女の手が、控えめに肉棒を握る。

性的な経験値のない女の子に握らせている、と考えると、背徳的な興奮が俺の腰から湧き上がってきた。

「そうしたら、最初はゆっくりと、それを上下にこすってみて下さい」

「ええと、こうかしら？」

「うっ……これは……なかなか」

ゲルトルーデの手付きは、とても拙《つたな》い。

俺の弱点を知り尽くしているエルナとは違い、本当にただ、おそるおそる手を上下させているだけだ。

しかしその拙さと、戸惑いと興奮に彩られた彼女の視線が精神的な興奮を呼び起こしてくる。

「あうっ、ま、また、ぴ、ピクって動いたわ」

「それは気持ちよくなってる証拠ですから、大丈夫ですよ」

そこでエルナの声が妖しい色気を帯びる。

「それじゃ、ゲルトルーデ様はそのまま手コキを続けて下さいね。私は……ゲルトルーデ様を気持ちよくして差し上げます」

「なにを、ひゃぁっ」

可愛い声とともに、肉棒を握る手にきゅっと力が込められる。

「うおっ」

おそるおそるの淡い刺激だったそこにちょうどいい力がかかり、思わず声が漏れた。

見れば、エルナは後ろからゲルトルーデの胸を揉みしだいている。

「あっ、エルナ、ちょっと、んっ」

「ゲルトルーデ様のお胸は、大きくて素晴らしいですね」

見事な巨乳が、エルナに揉まれていやらしく形を変えている。

エルナの手では到底収まりきれない乳肉が、むにゅむにゅとはみ出して視線を誘っていた。

「あっ、ちょっと、んぅっ」

「ゲルトルーデ様、手が止まってますよ？　ほら、旦那様のおちんぽがおあずけされて、かわいそうです」

「そう思うならぁっ……手を止め、あんっ！」

気持ちよさにゲルトルーデが悶えるたび、握られている肉竿に刺激が伝わる。

それは萎えることを許さず、しかし射精には届かないような絶妙な焦らし具合だ。

「旦那様より先にイッてはダメですよ？　ほら、ね？」

「ひうっ！　乳首、あぅっ……んっ、あぁ……」

おっぱいを揉まれ感じながらも、ゲルトルーデはなんとか手コキを再開させる。

先程よりも少し力が強くなり、心地良い刺激がペニスを包み込んだ。

「あっ、あぁ……クラウス、早くイって。はやくぅっ……じゃないと、わたくし、ん、あっ……

胸だけでなんて、んっ」

「今のゲルトルーデはすごくエロいな」

男に手コキをしながら胸を揉まれ、はしたない姿を晒すお姫様。

普段は意志の強そうに見える彼女が、弱々しく快楽に負けている姿は、男をとても興奮させるだろう。

「あっ、ああっ……ちょっと、エルナ、本当に、ぅんっ！」

「ゲルトルーデ様、手が止まってますよ、ほら……」

エルナの片手が、肉棒をしごくゲルトルーデの手に添えられる。そしてそのまま、上下へ。

もう片方の手は依然と、その胸と乳首を刺激していた。

「はぁっ、あっ！　やっ、んっ！　はぁ、あああっ、ふぁ……！」

しゅこしゅこしゅこしゅこっ！　と。

ゲルトルーデの興奮に合わせるように、ふたりの手による愛撫は素早さを増してくる。

ゲルトルーデの手の合間を縫って、エルナは裏筋を刺激したり、カリの部分をいじったり、軽く手をひねって別の快感を送り込んできていた。

ゲルトルーデの初心さにエルナのテクニックが加わって、俺の我慢も限界へと追い込まれつつある。

「あっ、んっ……熱いの、もっと太くなってきた。あっ、でも、んっ……もう、あっあっ、やっ、だめ、あぁぁぁぁっ！」

甲高い嬌声をあげて、ゲルトルーデが絶頂する。

ぎゅっと力が入り、力強いストロークが限界間近の肉棒を扱き上げた。

「ぐっ、出るぞっ」

ビュクッ！　ビュク、ビュルルルルッ！

「あうっ、あっ、熱いのが出てきたっ！」

勢いよく飛び出した精液が、目の前のゲルトルーデを汚していく。

「うぁ……あっ……これが、殿方の精液？」

「そうですよ。赤ちゃんの元です。ゲルトルーデ様の手コキで、旦那様が気持ちよくなった証ですよ」

「わたくしの手で、クラウスが……」

ゲルトルーデはぼーっとしながら、そう呟いた。

絶頂の余韻と、初めて目にする射精で、まだ頭が回ってないようだ。

「今日のところは、このくらいにしておきましょうか」

エルナはそう言うと、俺の肉棒とゲルトルーデの胸から手を離す。

そしてゲルトルーデからも離れると、俺の耳元で囁いた。

「ゲルトルーデ様をお部屋にお送りしてきます。……戻ってきたら続きを、ね？」

「ああ」

色っぽいエルナのお誘いに、俺は頷く。

エルナはテキパキとゲルトルーデの身支度を整えていったのだった。

エルフとの会談が終わった後も、ゲルトルーデの視察は続いていた。

前代未聞だったエルフとの友好によってアーベラインには注目が集まり、その結果領地経営が地味ながらとてもうまくいっていることが分かったからだ。

アーベラインは僻地。本来なら、多少経営手腕が優れていたとしても、わざわざ見に来る程じゃない。しかし、どうせわざわざこんな遠くまで来たならついでに見ておこう、と思うこともあるだろう。

便宜上、ゲルトルーデの視察といったが、もちろん実際に現場や資料を見るのは、彼女についてきた使節団の文官たちだ。

そしてその相手をするのも、実質的には領内の運営をしてくれている役人たちだった。

俺たち貴族はお飾りでいるのが仕事。貴族には貴族の役割があり、俺は視察中に退屈になるゲルトルーデ姫の相手という、大役を任されていたのだった。

「クラウス！　今日はぶどう畑に視察に行く日よね！」

「ああ。時間どおりの予定だよ」

ぶどう畑が楽しみなのか、約束の時間よりも前から彼女ははしゃいで見える。

それだけ喜んでもらえれば、手配したかいもあったというものだ。

「よろしくね！」

彼女の言う視察は……ままごっこ遊びだ、と言ってしまうこともできる。手法やデータ、実務的な部分は、役人たちが別途正式な視察を行っている。ただ、ゲルトルーデが視察に行くことが何の意味もないか、と言われればそれも違う。

お姫様が訪れたというのは、そこで働く人たちの誇りになる。

現代と違って気軽に旅行などいけないから、俺たちにとって王都を始めとするきらびやかな都会は、遠い場所の話だ。

そんな華やかな世界の象徴とも言えるお姫様の来訪は、一生ものの記憶になるだろう。

綺麗なドレス姿に華やかスタイル、きらびやかな目鼻立ちにお姫様らしい美しい髪。

喋らないゲルトルーデは本当に、理想的なお姫様だ。

その実体が、街をぶらつき、ピクニックへ行き、ぶどう畑へ行くというレジャー総なめにすぎないとしても、彼女の訪問はプラスになる。

ゲルトルーデが基本的にわがまま姫なのは変わらない。ただ、エルフのとき然り、彼女の好き勝手はある程度状況が決まっていることにも気づいた。

相手の許容する範囲なのだ。

こうして俺にあちこち案内させるのも、結果としてプラスになるので、俺が本気で拒絶することはない。

中には単に面倒なものもあるが、それだってお姫様のわがままなら、その程度聞いておくべきかな、という範囲に収まっている。

だから彼女はわがまま姫だと噂がたち、お姫様という機嫌を損ねるとまずい地位もあって、なかなか結婚の話はこなかったのだろう。

しかしそれ以上の悪評はない。暴虐だの残忍だのという話はなく、あくまでわがまま。

そう思うと、まあ可愛いものだと思うのだ。

そんな彼女とともに、俺は馬車に乗ってぶどう畑を目指す。

大きな馬車の中で、俺とゲルトルーデは向かい合っている。彼女の両端には、念のために護衛が控えていた。

馬車の中で立っていてもまるでよろめかない強い足腰が、彼らの練度の高さを伺わせる。

腰掛けている座席も大変に質のいいもので、俺の体を柔らかく受け止め、馬車の揺れをほとんど感じさせない。

貴族である俺が日頃使っている馬車だってかなりいいものなのだが、やはり王室御用達は桁違いだった。そう、俺は本来なら一地方領主が乗る機会など一生ないだろう、王室の馬車に乗って移動しているのだ。

もちろん最初は別の馬車で一足早く移動し、現地で彼女を迎えるという形式だったのだが、途中から、ゲルトルーデの意向で同じ馬車に乗ることになってしまった。

曰く、ひとりだと退屈だから、ということだ。

乗せる必要がないだけで、王室の馬車に他の貴族を乗せてはいけないというルールはない。だからこれは、いつもに比べればささやかなわがままとして普通に受け入れられた。

ちなみにだが、護衛は別に俺を警戒しているわけではない。

俺の屋敷の中では彼女は比較的自由に動き回っているし、そうでなければ先日みたいな、エロ現場への乱入も起こらないはずだ。

それでも護衛はもちろん必要だ。比較的安全なこの地域だって、獣は出る。まず問題ない道行きだろうと、姫に万が一があってはいけないのだ。

「ねえクラウス、ぶどう畑がみえたわ！　やっぱりとても大きいのね！」

のぞき窓から外を見たゲルトルーデが嬉しそうに声を上げる。

「ああ。中に入るともっとすごいぞ」

「とても楽しみだわ！」

出会った頃よりも素直になった彼女は、そう言って笑顔を浮かべていた。

馬車が到着すると、予め話を通してあったぶどう畑の人々が出迎えてくれる。

彼らに連れられて、俺たちはぶどう畑へと入っていく。

といっても、主賓はもちろんお姫様であるゲルトルーデだ。

「すごいですわね。こんなにもたくさんのぶどうが」

ぶどう畑の中は、生い茂る葉で半分ほど日が遮られている。

季節ということもあり、のびている蔓には多くのぶどうが実っていた。

まだ熟れてはいないのか、色味が薄い。しかし多くのぶどうが並ぶ姿は壮観だ。

「このあたりはまだ少し早いですが、もう少し奥に、ちょうど採りごろのがあります」

「へえ、それは楽しみですわね」

屋敷にいるときよりも、心なしかしっかりとしているゲルトルーデが、優雅な微笑みを浮かべて答えた。その完璧な見た目に、農民たちは思わず息を呑んでいた。

「こちらです」

先ほどと違い、鮮やかな紫のぶどうが実っている。

「わ、凄いですわ……」

その光景を見た彼女は、案内の彼らへと顔を向ける。

「わたくし、ぶどうの収穫がしてみたいの」

!? え、ええ、わかりました。すぐ用意いたしますね」

彼らは一瞬驚き、俺に視線を向ける。そしてすぐに了承した。

自ら収穫がしたい、なんてお姫様としてはだいぶ破天荒だ。

しかし俺や護衛の騎士が止めなかったので、問題ないならば、とお姫様の要求を受け入れてくれた。

程なくして、ハサミを持った彼らが戻ってくる。

「あ、では、えっと……このようにして……」

実演という形で、ひとりがぶどうに手を添え、はさみで切り取る。

そして新しいはさみをゲルトルーデへと渡した。

「こうやって……ん、意外と力が……できたわ！」

彼女は嬉しそうに言うと、収穫したぶどうをこちらへも見せてくる。

その姿に、農民たちも嬉しそうだった。

自分たちの仕事を、お姫様が楽しそうに認めてくれる。

彼らは張り切って、その後もぶどう畑を案内してくれたのだった。

すっかり、ぶどう狩りとなった視察を終えて、俺たちは帰宅した。

結果として喜ばれていたし、ゲルトルーデも大分落ち着いてきている。

これまでは王都で権力を志向するタイプの貴族にばかり囲まれ、それゆえに広くわがままを許されていた彼女も、こうして地方に来て上昇志向の薄い貴族や地元の人々とふれあい、その欲求も大人しくなってきていた。

彼女をわがままにしていたのは、それを際限なく聞いて甘やかしていた周りの影響も大きい。

もちろん、ゲルトルーデにわがままな部分がないとは言わないが、彼女はわりと要求していい度合いを探っている節がある。

そんな彼女だから、いつまでいてもらっても困りはしないのだが、それでも一国のお姫様だ。

だらだらと、この地方にとどまっているわけにもいかないだろう。

最大の目的であった、王家もエルフと縁を結んでいるアピール……という目的はとうの昔に住んでいるし、役人たちによるこの領地の視察も終わっていた。

王都が遠いこともあり、用事が済んだからといってすぐ帰るのではなく、少しゆっくりとしていても許される。しかし、それにも限度はあった。

これまでもさりげなくそういった話題を振りもしたが、先程のように、俺が今の彼女ならいてもらっても迷惑ではない、と思っているせいか、ゲルトルーデもあまり真剣には捉えていないようだった。

だから、今日は彼女の部屋を訪れることにした。

「どうしたの？」

彼女は首を傾げながらも、俺をすぐに招き入れた。

元々俺の屋敷ではあるものの、そう簡単に女性が部屋に入れてしまうのはどうか、という思いもある。

とりあえず関係ないのでそれには触れないが、俺は促されるまま椅子に座り、彼女と向かい合った。

「ゲルトルーデは、いつまでこっちにいるつもりだい？　一緒にきた役人たちの視察も終わって、少しゆっくりもできただろう？」

暗に帰れ、と言っていることになるが、このままずっとここにいられないのは事実だ。

期限を決めるなら、それが例えばもう少し先でもいい、という甘さは俺の中にもある。なんだかんだ、俺が彼女を気にいっているのは事実だ。

だが、このままずるずるとここにいるのは、彼女にとっても良くない。

今の彼女は、エルフとの友好関係を結びに来た末姫なのだ。彼女の居場所は王都、あるいはこれから嫁ぐことになる相手の家なのだ。

「わたくしはここに残りますわ。クラウスと結婚するつもりですもの」

平然とそう言った彼女は、ちらりと俺のほうを窺う。俺は無言で彼女を見つめ返した。

するとゲルトルーデは、その表情を戸惑いへと変えた。

しかし、うまくいかなそうな空気を察しつつも、意見を翻そうとはしなかった。

それは俺の中にある迷いを感じ取っているのか、それとも今回は単なるわがままではなく引き下がれない理由があるのか。

視線を漂わせた彼女は、もう一度口を開いた。

「エルフと友好的な関係をもてたクラウスなら、姫であるわたくしの結婚相手としてふさわしいでしょう？　家格はちょっと厳しいかもしれないけれど、あなたの成果はそれを気にしなくていいくらい大きいものですわ」

ゲルトルーデは俺の意思を探るように、そう言った。

彼女から見ても、俺が好意的なのはわかっているのだろう。

だから、頷かない理由を家格へと求めた。

「ゲルトルーデ」

「……っ！」

俺が声を掛けると、彼女は小さく息を飲んだ。

ゲルトルーデも口を開きかけ、すぐに閉じる。

何かを言おうとはしているものの、言葉が出てこないようだ。

それでもなんとか言葉を絞り出そうと、彼女は再び声を出す。

「その……なにか不満があるの？」

それは姫である自分を袖にするのか？　という脅しや咎めの色よりも、捨てないでほしい、という感情が出ているように感じられた。

「そうじゃない。ただ……」

彼女はきゅっと唇を引き締める。

ここ最近、俺と一緒にいるときはずいぶんと柔らかくなっていた彼女だが、元々は王都のわがまま姫。

その力を取り戻すかのように、厳しい視線を俺へと向ける。

そんな彼女に、俺は小さく首を横に振った。

「ゲルトルーデ、ここは王都から離れてるし、強がる必要はないよ」

「なにをっ……」

声を震わせた彼女を、俺は抱きしめた。

背こそ高めだが、彼女の肩はとても細い。

すっぽりと俺の胸の内に入った状態で、彼女は俺を見上げた。

俺は、そんなゲルトルーデの頭を撫でた。

さらさらの髪を丁寧に撫でていると、彼女の険しい視線が、徐々にほぐれていく。

「うっ……」

「別にわがままを言わなくても、ここではうまくやっていけるだろ？」

彼女を王都へと帰らせる……そんな予定とは裏腹に、彼女をここにとどめようとする言葉が、俺の口からは漏れていた。

「だから、強がらなくてもいい。わがままじゃなく、素直に寂しいと言ってもいいんだ」

ゲルトルーデのわがままは、姫という自分を目立たせる意味もあった。

国政は穏やか、政略結婚も強い必要性はなく、あまり注目されない末娘がかまってもらうための方法なのだろう。

もちろん、甘やかされて育ったが故の、純粋な欲求に従っている面もあっただろうが。

しかし、彼女は相手の顔色を見て、要求を取り下げることもある。踏み込みを間違えたと感じたときは、おとなしく引いていた。

それはゲルトルーデが、単に周りが見えずにわがままを言っているのではなく、彼女なりに考えている、ということだ。

「エルフとの縁は、ちゃんと作れている。別に王都に帰ったって、ゲルトルーデは大丈夫だよ」

ゲルトルーデは十八歳。俺の感覚からすればまだまだ若い。幼いと言ってもいいくらいの年齢だ。

だが、結婚の早いこの国の、特に貴族社会ではもう十分に嫁ぐ年齢だ。

高位のものほどその傾向が強く、十八歳にして婚約者のいないゲルトルーデは、肩身が狭いだろうというのも予想はできる。

そして今回の視察が、単純にエルフと渡りをつけることではなく、俺の元に嫁ぐことを期待されていた、というのも考えられることだ。

そういった思惑を、彼女も感じていないはずはないだろう。

わがまま姫だった彼女は、目を向けてもらうため、そして周囲の期待に応えるため、わがまま姫であり続けたのだから。

「わたくしは、王都に帰りたいわけでは……」

彼女は腕の中から俺を見つめ、そして目をそらした。

地味な地方領主として、のんびりと過ごしている俺には、王都で暮らし、喧騒の中にいた彼女の思いはわからない。

だが、大変そうだとは思う。だからこそ俺自身、そういった面倒を避けるために、地味でいたのだし。

「姫として求められることや役割は気にしないなら、ゲルトルーデはどうしたい？　都会である王都、実家のお城に帰りたいとは思わない？　ここは田舎だし、あまり華やかではないだろ？」

今の俺にとっては、そのゆったりとした雰囲気がいいのだが、若い頃ならやはり都会に憧れていただろう。

領民の中にも、都会に憧れる者は多いし、それは当然だと思う。

「わたくしは……」

そして彼女は、俺の胸へと顔を埋めた。

「わたくしは、ここにいたいですわ」

くぐもった声でそう言った彼女は、顔を上げる。

そこには涙が浮かんでいた。

「クラウスの隣にいたいのです。ダメ、ですか……？」

うるませながらの上目遣い。

反則級の懇願に、俺はその目元を拭ってやりながら答えた。

「ゲルトルーデがそうしたいなら、いいよ」

「うぅ……」

彼女の目から、涙が溢れ出す。

ゲルトルーデはそのまま、俺の胸で泣き出してしまった。

「クラウス……わたくし、んぐっ……うぅ……」

俺はその頭を優しく撫でながら、彼女が落ち着くのを待った。

やがてひとしきり泣いた後、ゲルトルーデは顔を上げて、キッと鋭い目を俺へと向けた。

「わたくしを妻にしてくれるなら、最初から頷いてくれればいいではありませんか！」

泣いてしまった恥ずかしさをごまかすように強く言う彼女だが、その目にはまだ涙が残っており、頬も赤い。

「そしたら泣いたりなんてしませんでしたのに……」

と小声で付け足す彼女が可愛らしくて笑うと、ぽこぽこと胸を叩かれた。

「ゲルトルーデが俺との結婚を期待されて送られたのは察してたからね。でも俺は、別に王家と縁を結ぼうというつもりはないし」

「えっ……？」

そこで彼女は、再び不安そうな顔をする。

そんなゲルトルーデに、俺はそっとキスをした。

「俺はあくまで、ゲルトルーデという魅力的な女の子を迎えるだけだよ」

「もう……もうっ！」

彼女は先程よりも強く俺を叩いた。

それでも照れ隠しの拳は、マッサージくらいの強さしかない。

ちょっとキザすぎたかもしれないと思ったが、どうやら悪くなかったようだ。

「うぅ……クラウスに泣かされましたわ」

ゲルトルーデは俺を睨みつけるも、その視線を和らげ、そして恥ずかしげに逸らしてから言った。

「責任、とって下さい」

また顔を胸に埋めて、続ける。

「わたくしを愛してると行動で示して下さい……」

可愛らしいその様子に、俺は彼女をぎゅっと抱きしめると、そのままベッドへと連れて行った。

「あぅ……」

ベッドに横たわった彼女は、顔を真っ赤にしてこちらを見上げている。

彼女の髪がベッドへと広がり、軽く投げ出された細い手足に少し力が入っていた。

その儚さとは対象的に、爆乳は強く主張している。

谷間は、仰向けになってもなお深く、こちらを誘っているようだ。

そして視線に気づいたのか、彼女がいつもよりは細い声で尋ねてきた。

「クラウスは、大きい胸のほうが好きですわよね？　……エルナもレナータも、大きいですし」

「ああ……そうだな」

別に胸で選んでいるわけではないが、やはり大きなおっぱいは男のロマンだろう。

そんなことを思いながら、彼女の胸へと触れる。

「あっ……」

前回、エルナが揉んでいるのを間近で見てはいたものの、こうして彼女の胸に触れるのは初めてだ。

その柔らかな感触を、両手を使って堪能していく。

「んっ、あっ……クラウスの手、大きいですわね……それに硬い、男の人の手……」

「それでも、ゲルトルーデのおっぱいは覆いきれないけどな」

ゲルトルーデは、胸が弱い。

前回もそうだったし、今も彼女はうっとりと俺を見つめている。

服からはみ出してくる乳肉はとてもいやらしい。

情欲を焚きつけられ、彼女の服を乱しながら、おっぱいをこね回していく。

「あぅっ……クラウス、んっ、あぁっ！」

はだけた胸元で、彼女の爆乳が弾むように揺れる。

そしてつんと立ってきた乳首を、まずは軽く押してみる。

「ひゃうっ！　あっ、んっ！」

その敏感な反応に気をよくして、くりくりと乳首を弄り回した。

その度に彼女は喘ぎ、体を震わせる。

「あっ、クラウスっ……！　ん、あぁっ！」

ゲルトルーデの息は荒くなってきて、その体も熱を帯びている。

「こんなに、んっ……自分でするのと、違っ……」

思わず漏らした彼女の言葉に、俺は尋ねる。

「ゲルトルーデは、ひとりでしてるの？」

「やっ、そんな、んんっ！　今のは、なしですわっ！　あぅっ」

乳首をいじりながら、彼女の胸を揉み込んでいく。

言わないことを咎めるかのように、徐々に刺激を強くしてみると、彼女はとても素直に反応してくれる。

「んぁっ！　あっ、してるっ、してますわっ！　んうっ！　ひとりでもしてるからっ……！　そんなに乳首ぐりぐりしちゃらめぇっ！」

「普段も自分でいじってるから、特に敏感なのかな」

「違っ、クラウスの手がエッチだからっ！　あっあっ、ダメ、イっちゃ……んんっ！　クラウス、ちょっ、まっ、ああっ！」

彼女の興奮に合わせるように、乳首を中心に胸をいじっていく。

ぷっくりと膨らんだ乳首は俺の指を押し返すかのように、あるいはもっと刺激をねだるように動いていた。

「あっ、らめっ！　イクッ、クラウス……！　あぁあっ、イっちゃう！　もう、あっあっ、んはぁあぁあぁあっ！」

大きく体を震わせながら、ゲルトルーデは胸だけで絶頂した。

これだけの爆乳なのに感度も抜群なんて、とてもエロいおっぱいだ。

「あぅ……わたくし、んっ……！」

薄っすらと汗をかいた彼女の頬に、髪が張りついている。

紅潮した顔に、荒い息。

上下する度に揺れる胸に、はだけた服。

それらが俺の興奮を呼び起こし、その先へと進ませる。

俺は彼女の足へ手を這わせ、徐々に上へと迫っていく。

反応を確かめるように……そして彼女を焦らすようにして。

「んっ……あぁ……クラウス……」

ゲルトルーデは自らの手で、スカートをたくしあげた。

なめらかな肌を持つ腿と、布面積の少ない彼女の下着が露になる。

「ずいぶんエッチな下着をつけてるんだな」

「んっ……そんなことは、あっ！」

「ほら、色が変わって、形がくっきり出てる」

そう言いながら、彼女の割れ目をなで上げる。

水分を含んだ下着は、くちゅっ、といやらしい音を響かせた。

「ふぁ……クラウス、そんなところ触っちゃ、あぅっ……わたくしの、んっ……」

恥ずかしそうにしつつも、ゲルトルーデは抵抗しない。

俺は彼女の下着に手をかけると、それを引き下ろしながら尋ねる。

「これから、もっとすごいことするのに？」

「もっと……すごいこと」

彼女の視線は、ズボンの前を大きく膨らませている俺の股間へと向いた。

前回の手コキで、彼女はその形を知っている。

だからこそ、想像するのもたやすいのだろう。

「あれが、わたくしのなかに……はぅ、んぁっ！」

下着を脱がすと、きゅっ、とゲルトルーデが足を閉じる。

溢れ出た愛液がシーツへと伝い、その色を変えさせた。

ゲルトルーデの処女まんこは、この先を想像して更に蜜を溢れさせる。

「あぅ……そんなにじっくり見られては、ぅ……」

「今日は、外側だけじゃないぞ」

そう言いながら、その割れ目をそっと押し開く。

「ひゃうっ！」

外気にさらされたピンク色の内側が、ヒクヒクと動いている。

俺はそっとその中に、指先だけを挿入した。

「はうっ、あぁっ……クラウスの指、わたくしの中に……んっ！」

初物ではあるが、一度イッた後ということで十分に濡れており、指くらいなら問題なく入っていた。

比べるものでもないかもしれないが、長身の彼女はやはりレナータに比べて体が成熟しているのだろう。

指先に吸いついてくる襞を感じながら、俺は彼女の反応を確認する。

「んっ、あぁ……」

ゲルトルーデは指の挿入で、気持ちよさを感じているようだ。

一度引き抜くと、彼女の目が俺の顔を、そして次ぎに股間を捉える。

ゲルトルーデは自らの足を両手でつかみ、胸のほうへと引き上げる。

爆乳がむにゅっと潰れ、大きく開かれたアソコが先程よりもしっかりと口を開く。

とてもエロい格好だ。

処女なのに、男を惑わす妖艶なフェロモンを放っている。

思わずつばを飲み込むと、赤い顔でこくりと頷いた。

「クラウス、きて……クラウスのおちんぽを、私の中に挿れて下さい」

「ああ」

俺は迷わず頷き、服を脱ぎ捨てる。

解放された剛直は、目の前で誘う極上のメスに挿れたいと猛っていた。

「いくぞ」

「はいっ。きて下さいませっ……！」

大きく開かれたそこへ、肉竿の先端を当てる。

ぬるっと愛液がまとわりつき、肉棒を濡らしていった。

そのままゆっくりと、腰を押し進めていく。

未開拓の処女まんこを押し広げながら、肉棒が前進していった。

「あぅっ、あっ……すごい、太いのが、入ってきてっ……！」

熱く蠢く膣道をじわじわと侵食していく。

剛直は膣肉をかき分け、やがて膜に当たった。

「うぁっ、奥まで、来ましたの？」

「いや、これからだ」

「えっ、あっ、あぅぅっ！」

彼女の足にぐっと力が入り、俺を挟んでくる。

膜を突き破った肉棒が、その足と膣襞に誘われ、奥へ奥へと入っていった。

「んうっ！　あっ、はぅっ！　わたくしの中に、クラウスが、いっぱいっ！」

体勢もあって、最奥まで簡単にペニスが届く。

軽く腰を動かすと、彼女の膣内が震え、襞が肉棒を擦り上げた。

「うぁっ……こんなに……クラウス、わたくしの中、どう？」

「すごくいいよ。細かい襞まで吸いついてくる、エッチなおまんこだ」

「んっ、よかったですわっ……あっ、んっ……」

余裕のありそうなゲルトルーデの顔を確認してから腰を動かし始めると、襞が蠢きながら肉竿に絡みついてくる。

「はぁっ、あっ……んっ！」

彼女の口から漏れる、色っぽい声。

はしたないほど大きく足を広げた彼女は、徐々に膨らんでくる快感に、その身を委ねているようだった。

「クラウス……んっ、んぅっ」

もの欲しそうな彼女の唇を、キスで塞ぐ。

唇の柔らかさと、胸板の下で潰れる爆乳の柔らかさを感じた。

「んうっ……はぁ、あっ……クラウス、なんだかわたくし、んっ……お腹の奥がじんじんして……きゅんってしますわ」

彼女の、メスとしての本能が疼き、俺の子種を求めている。

本来ならば俺が触れることなど叶わないはずのロイヤルおまんこが、きゅうきゅうと締めつけて精液を求めてきている。

その健気ではしたない様子に俺の欲望は大きく膨らみ、肉棒から腰にかけて快感がぞわぞわと上がってくる。

「ゲルトルーデ、もっと激しくするぞ」

「はいっ！　クラウスの好きなように、もっと、もっと気持ちよくしてくださいっ！　あぁぁっ！　ひゃうっ、んはぁぁあっ！」

彼女の言葉と同時に、これまでよりも大きく腰を動かし、その狭い膣内を犯していく。

「ひうっ！　すごっ、奥まで来て、わたくしのおまんこ、んはぁぁっ！　いっぱい、いっぱいかき回されてましゅっ！」

深くまでを男性器で貫き、ピストンしていく。

「おちんぽ、おちんぽしゅごいのぉっ！　わらくひの奥まで、じんじんきてまひゅっ！　あふっ、んあっ、あああぁぁぁぁっ！」

彼女が絶頂し、その膣内が激しく精液を求める。

その要請に従うかたちで、俺は彼女の中へ射精した。

「ぐっ、出るぞ！」

「ひゃうぅぅっ！　あっ、きてるっ！　熱いの、お腹の中にどぴゅどぴゅでてるのぉっ！　こんなの出されたら、んはぁぁぁっ！」

射精の勢いでゲルトルーデは再び絶頂し、精液を貪るかのようにその膣内が蠢く。

俺は彼女の膣内で精液を出し切り、肉棒を引き抜いた。

「あふっ」

抜ける際にもカリは彼女の膣襞を擦り、その快感でゲルトルーデが小さく身を震わせた。

「クラウス……あぅ……」

快感が大きすぎたのか、体力を使い果たしてしまったのか。

ゲルトルーデは少し眠そうな目で、俺を見つめていた。

そっと見つめ返すと、彼女は両手をこちらへと伸ばしてくる。

応えるように抱きしめると、彼女はぎゅっと俺に抱きついてきて耳元で言った。

「ずっといっしょですわよ、クラウス……ちゅっ」

そして、ほっぺへのキス。

もっと凄いことを今さっきまでしていたはずなのに、その子供みたいなキスは、不思議と俺の胸を高鳴らせた。

「ああ、ずっと一緒だ」

俺も彼女のほっぺにキスをして、そのまましばらく抱き合っていたのだった。

幕間　Girl's talk?

アーベライン領の街にある、クラウスの屋敷。

多くの使用人によって綺麗に整えられた屋敷の、その一室。

昼間、明るい日差しが差し込むその部屋で、三人の女性がお茶を嗜んでいた。

クラウスの若妻たち――エルナ、レナータ、ゲルトルーデの三人だ。

そばにはメイドが控えているが、彼女はしっかりとした姿勢で立ったまま、口を開かない。

この世界ではありふれた、貴族の昼下がり、といった様子だ。

第一夫人は、他の夫人たちや屋敷を取り仕切るのも仕事だ。

精神年齢もクラウスとの付き合いの長さも一番上であるエルナが、第一夫人として側室たちを取りまとめていた。王族であるゲルトルーデの事もあり、王家に対しては序列を偽っているが、実際はやはりエルナが、妻たちのなかでもリーダーと言えるだろう。

貴族の出ではない彼女だが、大きな商家の娘ということもあり、そのあたりの采配――ときには多くを使用人に任せること――についても最も優れており、屋敷をしっかりと回していた。

その出自故に他の貴族からは下に見られることもあるが、そのあたりについてもわきまえているので、下手に波風を立てずにやり過ごしてきた。

エルナ自身が、軽く見られて舐められることを、さほど気にしていないこともあった。

妻が平民だという点で、クラウスもあまり良い目を向けられていなかったが、彼もその辺りは気にしていない。

むしろ面倒が減っていいくらいだ、と話していた。

その辺り、ふたりは似ているところがあり、これまで貴族社会での立ち位置というものには無頓着だった。

エルナが第一――というより唯一の妻として上手くやれていたのも、そういった貴族の女社会と離れていたからというのが大きい。

地味で堅実、しかし取り立てて目立つ功績もなく、僻地を任されている変わり者の伯爵。

そこにすりよってくるような物好きは、あまりいなかった。

ただ、そんな状況も最近変わりつつあった。

それは彼が第二夫人、第三夫人を迎えたことに起因する。

第二夫人――エルフ族長の娘、レナータ。

第三夫人――王族の末娘、ゲルトルーデ。

これまで百年以上没交渉だったエルフとの婚姻関係。

それに伴う、王族との縁。

注目が集まったことで発覚した、アーベライン領の独自技術や安定した運営、管理体制の素晴らしさ。

クラウス・フォン・アーベライン伯爵は、地味な地方領主から、稀代の名君としてもてはやされることとなった。

流石にそんなメンバーの中に娘を送り込んでこようとする貴族はまずいなかったが、その妻たちを通してクラウスと近づきたい、と思う者は多いようだった。

突然、貴族社会から誘いを多く受けるようになり困っていたエルナを助けたのは、生粋の王族、ゲルトルーデだった。

わがまま姫と評判になっていた彼女は、その雷名を駆使しつつ、以外なほど冷静に参加すべきもの、見送っていいものを判断していった。

また、貴族社会の中でも、女性だらけのところでこそ必要になる知識や作法をエルナやレナータに教え、適応できるようにした。

社交界は、存外に独自のルールが多いところなのだ。それは貴族といえど、男にはわからないさまざまなしがらみでできている。

ともあれ、ゲルトルーデのおかげでその難局は乗り切り、クラウスの株も更に上がっていたのだった。

「まあ、そもそもエルナが厄介ごとに巻きこまれたのは、わたくしたちのせいですからね」

お礼を言ったエルナに、ゲルトルーデは照れながらそう答えたのだった。

貴族的教養はないが、実務能力は高いエルナ。

存在だけで目を惹く、エルフのレナータ。

貴族社会の中心にいるゲルトルーデ。

三人はそれぞれの武器を持って、互いを補完しあっていた。

得意分野も、妻としての役割も違うからこそ、三人は揉めることがない。

そんな彼女たちは今、お茶会をしていた。

三人しかいない気楽なものなので、そこに貴族的な礼儀作法はなかった。

「なるほど、やっぱりクラウスは胸が好きなのね」

「はい。旦那様はいつも、好きあらば、胸へと手を伸ばしてきますから。そんな旦那様の手で、私はすっかり……」

そこでぽっと頬を染めるエルナに、レナータとゲルトルーデも頷いた。

「クラウスの指はすごく細かく動いて、おっぱいを揉みしだいてくるのだ」

「ええ。それでいて強すぎず、快感に合わせてちょうどいい具合に……」

三人の話題は、もちろん彼女たちの旦那、クラウスについてだ。

しかし若さゆえか、その内容はどうもエロ方面に偏りがちだった。

「手といえば、クラウスって下をいじるのも上手で……」

「あとはやっぱり……」

貴族のお茶会、というよりも女子更衣室で繰り広げられる猥談レベルの会話だった。

いかにクラウスが素晴らしいか……それだけを切り取れば素敵な惚気だが、その内容は結構どぎついものだった。

その会話に羞恥を覚えながらも、同じ相手に抱かれている者同士、話題は盛り上がっていく。

行き過ぎた方向で仲良しになっている三人だが、互いに夫を取り合うよりは遥かにマシな関係性だろう。

彼女たちはクラウスの素晴らしいところ、感じやすいところ、好きな体位の話をして、情報を共有していく。

それはクラウスをより気持ちよく、幸せにするためだ。

自分ひとりで独占しようとするのでなく、みんなで彼を気持ちよくしようとする。

しっかりと共有することで、全体のレベルが高まって、よりクラウスのプラスになる。

彼女たちはそうやって、互いを高めていくのだった。

……単に、まだ若く性欲旺盛な彼女たちが、より気持ちよくなるように、まだ知らない快感を求めて猥談しているだけ、とも取れるが。

「んっ……ね、今日はみんなで旦那様に愛してもらいませんか？」

「ああ、それがいいのだ。盛り上がりすぎて……な」

レナータが軽くもじもじとしながら答える。

精神年齢が最も若く、性的な知識も一番乏しい彼女にとって、ふたりとの話は勉強なると同時に、刺激の多いものだった。

「ええ。たまには三人でクラウスを責めてみるのもいいかもしれませんね」

ゲルトルーデも期待しながら微笑む。

彼女は妻になってから日も浅く、経験こそまだ少ないが、長年貴族社会で生きてきた身である。

様々な知識だけは持っている耳年増だった。

ずっと話にだけ聞いていていたいろんなことを、試してみたいお年頃なのだろう。

ひとりではクラウスにいいように感じさせられてしまうが、三人なら、普段とは違うことができるかもしれない。

「んっ……」

そんな期待で、彼女の下半身ははしたなくうずいてくるのだった。

「ではさっそく準備に入りましょう。まずは服や下着で、旦那様の気分を高めるのです」

「おお、それはいいな。それに、ゲルトルーデにいろいろ着せるのも面白そうだ」

「わたくし、ですか？」

「ああ。ゲルトルーデは背もあるし、綺麗系の衣装が似合いそうだ」

年下で後輩、そんなゲルトルーデ相手に、レナータはお姉さんぶることが多い。

そんなレナータもエルナには着せ替え人形にされてしまうことがあり、自分も誰かにいろんな服を着せてみたいと、常々思っていたのだ。

「そうですね。では旦那様のお仕事が終わる前に、たっぷり時間をかけて決めましょうか」

彼女たちは立ち上がると、衣装部屋へと移り、ファッションショーを始めるのだった。

三人寄って姦しい若妻たち。

その晩——。

クラウスは三人に迫られ、一晩中搾り取られ続けたのだった。

第四章　転生アラフォー領主のハーレムライフ

ゲルトルーデを妻として迎えた俺の周囲は、やはり騒がしくなった。

人間の貴族たちからすれば、エルフとのこと以上に自分たちにも関係することだから当然だろう。

しかし、やはりそれも一時的なものだった。

俺が王家とつながりを持ったことで、これ以上別の縁談を持ちかけたり、迂闊な行動をとればむしろ身を滅ぼしかねないと解釈したのかも知れない。

そんなわけで今ではすっかり落ち着きを取り戻して、かつてと同じようなゆったりとした生活を送ることができていた。

そもそもが地方だし、権力を求める中央の人間とは物理的に遠いというのも、事態の沈静化の加速に一役買っていた。

そしてもう一つ、変化があった。

エルフ族と王家。誰でもわかる大きな力とのコネクションを手に入れたことで、今の俺はもう、ちょっとぐらい目立ったからといって、言い訳をしなくてすむようになっている。

これまでは、目立たぬ地方領主としてスローライフを送りたいということで、現代知識を使った発明は、積極的にはしてこなかった。

知識を取り入れるにしても最低限で、自分たちが快適に暮らせるように、水道や電気に変わる道具や設備などを作ってもらっていた。

しかし、今ではそんな制限はかけず、好き勝手に現代知識を元にした開発を行えているのだ。

それは道具類に限らず、近代的な学校の建設や、個々にバラバラだった公共事業の組織化、役人たちの知識の共有方法などのシステム面にも及んでいる。

この世界にはこの世界の常識と考え方があり、そもそもここで行っていた農業や漁業を組織化しようという発想事態が、人々にはあまりなかったのだ。

そんな社会システムへの大きな介入は、領主である俺の意見だけで、すぐにできるものでもない。

それに大きな組織の運営は、もしその目的をうまく説明できなければ、最悪、中央や貴族たちから謀反の意思有りと取られかねない。

俺としても、あまり目立つ改革をして自分が表に出るのは避けたかった。

水道などのインフラと違って、そういった組織はなくても現時点でそこそこ領地は快適に回っているし、無理に実行するほど必要なものでもなかったので、放置していた。

しかし、もし可能なら取り組んだほうが、領地がより良くなりそうだとは感じていた。

そこで、この状況なら誰からも文句は出ないのではないかと思い、実行に移すことにしたのだ。

今ならそういった改革も、エルフの知恵や力を借りたとか言えるし、王家の影響力も少しは頼れる。

俺自身が特別じゃなくても、実行できうる環境になっていたのだ。

そんな後ろ盾を手に入れた俺は、ここぞとばかりに領地を発展させていく。

学校を作れば識字率が上がり、様々な知識を子どもたちに与えることができる。

そして、勉強の中で得意なものを見つたけ子供は、将来大きな成果を残すことができるだろう。

これまでは親の家業に関わる仕事にしか触れる機会がなく、向いていることを見つけられない、向いていないことでも取り組むしかない、という状況だったのが改善されるのだ。

もちろん、すべてがそう簡単にうまくいくわけではないが、少しでも可能性があるなら、教育はぜひやる価値があるだろう。

農業の組合も、組合内での農作業の効率化だけではなく、俺が出資したアーベライン領の仕事として、作物の品種改良などにも乗り出している。

個々の農家では種の入手難度やコスト面で、なかなか行うことがないのが、品種改良だ。

それも、組合と領主の力を使えばさほどの苦労なく準備ができる。

改良中の試行錯誤は苦労の連続だったが、その先にある豊かな実りを目指して、品種改良は順調に進んでいた。

俺の記憶にある現代日本の野菜や果物は、長い年月をかけて改良されてきた、食べやすいものばかりだった。

こちらのものはより原種に近く、クセや主張が強いため、好き嫌いの激しさを助長してしまう。

品種改良でより美味しく、食べやすく。

他にも寒さや暑さに対する耐性など、より育てやすく、生産量を高められる方向でも品種改良は進んでいく。

そうやって領内の仕事は増やしても、実務に関してはこれまでどおり専門家に任せておくので、俺はサインをしていくだけだ。

望みどおりのスローライフを再び手に入れた俺は、昼はゆるゆると仕事をし、夜は代わる代わる三人の若妻に囲まれる幸せな日々を送っている。

そんな俺を妻たちは、温かく見守ってくれている。

とくにエルナは、毎日とても嬉しそうにしている。俺ののんびりな方針は、俺を英雄だと信じる彼女には、どうやらだいぶ不満でもあったようだ。

「これでやっと、皆が旦那様のことを、もう少し分かってくださるでしょう。それが私は、とても嬉しいんです……」

いつもいつも、俺を信じて支えてくれた、最愛の妻エルナ。

そう言って少し涙まで浮かべてくれたエルナに、俺は心から感謝したのだった。


「クラウス、ぼーっとしてませんか？」

「いや、そんなことはないよ」

夜、ゲルトルーデと部屋にふたりきりでいると、彼女が少し不満そうな声を出した。

最近のことを色々と思い出して、注意を彼女からそらしていたのが伝わったらしい。

元々、宮廷内でも人の様子を伺っていた王女様だからか、そういう空気に彼女は敏感だった。

彼女はわがままである以上に、寂しがりなのだ。

決して強引でもなく、相手への直接的な束縛はためらう。そんな不器用な彼女は、可愛らしい。

そう思ってゲルトルーデの頭を撫でていると、彼女は嬉しそうに、しかし少しすねたように言った。

「もう、わたくしを子供扱いしないで下さい」

俺を見上げる彼女はしかし、むしろ子供っぽい仕草で頬を膨らませた。

こういったときにもやはり、年の差を感じてしまう。

その姿に微笑ましさを感じていると、彼女は何かを思いついたような顔をして、妖しげな笑みを浮かべた。

「では、今日はわたくしの大人の魅力を、クラウスにたっぷり教えて差し上げることにしますわ」

「ゲルトルーデが魅力的なのは知ってるけど?」

今だって可愛いと思って、こうして撫でていたわけだし。

しかし空気に敏感な彼女は、それが望んだ類の反応ではない、とすばやく見抜いたようだった。

「クラウスをけだものに……いえ、もっとシンプルに、わたくしが骨抜きにしますわ！」

宣言するやいなや、彼女は俺をベッドへと押し倒す。

彼女自身も勢いをつけていたので、その魅惑的な爆乳がぶるん、と揺れて俺の目を奪った。

先程まで彼女を微笑ましく思っていたのに、すぐこのエロい反応だ。

俺はもう、すでにけだものと言っても差し支えないのだと自分でも思う。

敢えて言い訳をすれば、魅力的な彼女のおっぱいが悪い。

そんなことを考えている隙に、彼女はすばやく俺の服を剥ぎ取っていった。

魅惑の爆乳に目を奪われたといっても、それだけで反応してしまうほど初心でもない。

彼女はまだおとなしい俺の股間を目にすると、自身も服を脱いでいく。

「まずはおっぱいで、クラウスを気持ちよくしますわ」

ゲルトルーデはたわわな二つの果実を揺らし、俺へと近づいてくる。

そして肉竿をつまむと、むにゅっと爆乳へとはさみこんだ。

「ぎゅぎゅーっ。殿方は、特にクラウスは、おっぱいが好きなのでしょう？」

それはどこ情報だ、と詮索したいところだったが、事実なので否定はできない。

ふかふかの胸に包まれて優しく圧迫されていると、欲望がムクムクと膨らんでいくのを感じた。

「あっ、クラウス、大きくなってきてるわ。ふふっ、さっそく私の魅力を感じているのかしら。えいえいっ！」

彼女は楽しそうに言うと、むぎゅむにっと肉棒をぱふぱふしてくる。

ゲルトルーデの圧倒的な乳肉の中で、肉竿がもてあそばれていく。

妻として迎え入れてから、ゲルトルーデは明るく、少し無邪気な部分も出てきている。

これまではお姫様ということでひとりだったのが、今は俺の妻として、同じ立場のエルナやレナータと交流しているためだろう。

王都から離れ、お姫様でもなくなり気を張る必要のなくなった彼女は、甘えん坊な部分やいたずらっ子な部分を覗かせるようになっていた。

地位こそ高いが実年齢でいえば一番若いこともあり、妻ふたりもよく、ゲルトルーデにかまっているようだった。

特にレナータはお姉さんぶって、彼女の面倒を見ているみたいだ。

年齢を数字だけで見れば圧倒的に一番高い彼女だが、こちらでの生活にしても性格的なものにしても、エルナのほうがお姉さんっぽいことがあって、はじめての妹分に張り切っているようだった。

「クラウス、また余計なことを考えてますね」

「うおっ」

俺の注意がそれたことを咎めるように、ゲルトルーデは胸を揺らした。

挟み込まれている肉竿が、むっちりとした肌に擦られる。

「これからもっと激しく動くので、まずは濡らさないといけませんね。れろっ」

彼女はその胸元を開き、肉棒を露出させると先端を咥えた。

おっぱいとは違う、湿った感触が亀頭を包む。

「れろっ、ちゅっ……えろーっ」

彼女はぴちゃぴちゃと、肉棒を唾液まみれにしていく。

ゲルトルーデの口から落ちた雫が、猛ったものへと降り注ぐ。

すぐにぬるぬるになったそこを見ると、彼女は満足気に笑った。

「では、本気でいきますわよ」

彼女はぎゅっと肉竿を包み込むと、そのまま勢いよく上下に胸を揺らし始める。

「えいっ、はっ、やっ」

「ゲルトルーデ、うっ」

彼女の爆乳はぶるんと弾み、中に挟んだ肉棒を擦り上げてくる。みっちりと肉棒を覆った柔肉が、カサの裏側や敏感な先っぽをむにむにと絶え間なく刺激してきた。ていた。

「あふっ。クラウスのおちんぽ、すごく熱くなってますわ。それに、とても硬くて、ぐいぐい胸を広げてきてますっ」

ゲルトルーデの爆乳パイズリは、とても気持ちがいい。

激しく揺れる乳房は、それでいて意外なほどペニスを柔らかく包み込んでいた。

「んっ、クラウス自身だけじゃなくておちんぽも、おっぱいが大好きなのね。あんっ！　すっごく乳房にくっついてくるもの」

「それだけ、ゲルトルーデの胸が魅力的だから」

「あうっ！　や、クラウスぅ……んぁっ」

腰を動かして谷間の中で肉棒を動かすと、彼女が甘い声をあげた。

ゲルトルーデが爆乳を揺らし、俺は俺で腰を動かす。

「んっ、ああっ！　クラウスの先っぽ、膨らんできてるっ。そろそろイキそうなのね」

「ああ。このまま胸の中に出すぞ」

「うんっ、わたくしの胸でいっぱい気持ちよくなってくださいね」

駆け上ってくる精液を感じながら、彼女のパイズリを堪能する。

すると、彼女の目にふっと妖しい光が宿った。

俺がその理由に思い当たるよりも早く、彼女は口を開けると、肉棒の先端を咥える。

カリ部分にぴとっと唇があたり気持ちよさを感じる。そして次の瞬間――。

「じゅるっ、じゅぶぶぶぶぶぶっ！」

彼女は一気にバキュームを行った。

すでに登りかけていた精液が、吸い出されるように一気に放出される。

「うあぁっ、ああっ！」

ドピュッ！　ビュクビュク、ビュクンッ！

「んぶっ、ん、ちゅぅぅっ」

何度も肉棒が跳ね、お姫様の口中に精液を送り込んだ。

その勢いに一瞬驚いた素振りを見せたものの、ゲルトルーデは口を離さず、むしろ吸いついてきていた。

残った精液まで吸い出されて、俺は放出の余韻に浸る。

「んぐっ、んっ、きゅぽんっ……んぐ、ごっくんっ！」

吸い尽くした肉竿を口元から離すと、彼女は俺が放った精をしっかりと飲み込んだ。

肉体と視覚、その両方の快感の大きさに、俺は仰向けに倒れ込む。

「クラウス、気持ちよかったかしら？」

「ああ、とてもよかった。ゲルトルーデはどんどん上手くなってるな」

「喜んでもらえて嬉しいです」

そう言って笑みを浮かべた彼女は、とても綺麗だった。

元々美人だから、無邪気に微笑むと柔らかさが出て、更に親しみやすく綺麗になるのだ。

しかしゲルトルーデは、そんな柔らかな笑顔をすぐに引っ込めて、妖艶さをうかがわせる表情を浮かべた。

元来綺麗な顔立ちのため、そういった表情を浮かべると、とても艶かしく、どこか危険を感じさせ、しかし魅せられずにはいられない輝きを放っていた。

「今日はわたくしが、クラウスを骨抜きにして差し上げますわ」

彼女は仰向けなままの俺の出したばかりの肉竿を掴み、軽く扱きあげてくる。

そして射精を終えてリラックスモードに入った陰嚢を、もう片方の手で優しく撫で回してきた。

「この子種袋の中身を、ぜーんぶ搾り取って差し上げますわ。思う存分、気持ちよくなってくださいね？」

彼女はそう宣言すると、肉竿をしごく手を速める。

それと同時に、やわやわと軽く睾丸をマッサージしてきた。

その影響で、肉棒はすぐに硬くなって天を指す。

「まだまだ元気ですわね。んっ……」

ゲルトルーデは満足そうに言うと、俺に跨る。

見上げる形になった彼女の割れ目は、もう十分な湿り気を帯びていた。

パイズリフェラの最中に、ゲルトルーデも感じていたらしい。

若く、しかし十分に育ったその淫花が、はしたない蜜をこぼしながら迫ってくる。

「んっ、あぁっ……」

ぬぷっ、と軽い音を立てて、肉棒は彼女の膣内へと飲み込まれていった。

熱くぬめった膣道は、肉棒をスムーズにくわえ込んでいく。

入るのはスムーズでありながら、一度入るときゅっと締まり、肉竿を強く締めつけてきていた。

「あぅ！　ん、あふっ……クラウスのおっきいの、入ってきてるっ……！」

彼女はそのまま腰を下ろすと、俺を見つめた。

「さっそくだけど、一気にいきますわ」

「おぅっ！」

彼女は深く肉棒を挿入したまま、前後に腰を振り始めた。

「あんっ！　あっ、おちんぽ、ぐりぐり動いてっ、んぅっ！」

肉竿全体を包み込まれたまま、ぎゅっと擦り上げられる。

膣襞が蠕動して亀頭を刺激し、自らも快楽を貪っていた。

「はぅっ、あっ、クラウス、どう……？」

「気持ちいいよ、ゲルトルーデ」

「ふふっ、じゃあ、もっとあぁぁぁっ！」

「おおうっ！」

腰の動きを変えようとしたゲルトルーデだが、いいところに擦れたのか、ビクンと体を跳ねさせた。

その不規則な動きが予想外の刺激となって、俺の肉棒を襲う。

「あっ、やっ……こんなの、んうっ！　ひぃああっ！」

ゲルトルーデは探るように腰を動かし、また　悶えた。

彼女の襞はぞりぞりと陰茎を擦り上げて、快楽を俺に送り込んでくる。

「あぁっ……わたくしが先にっ……んっ、あぁぁああっ！　あっあっ、はぁ、んっ！　でも、我慢できな、ひうぅぅっ！」

ゲルトルーデは快楽で乱れ、よがっている。

腰を降る度にその爆乳が揺れ、こちらをますます誘っているようだ。

「我慢せず、すきなだけ気持ちよくなっていいんだぞ。ほらっ」

そのおっぱいを、下から支えるように揉んでいく。

柔らかく指を受け止め、沈み込む乳房。その肉の気持ちよさを感じながら、愛撫を続ける。

「やあっ！　ダメ、ダメですわっ！　そんな風に、あふっ！　クラウス、今日はわたくしが、ああっ、んうぅっ！」

彼女は身悶えながら俺を静止する。

しかし言葉とは裏腹に体は快楽を求めてたわわな胸をこちらに押し出し、膣内は蠢動し続けて、俺の肉棒を貪っている。

「あうっ！　ふあぁぁっ！　ひゃう、あぁっ！　イクッ、先にイッちゃうっ！　あっ、はあぁっ、ひぐっ、ああっ、んああぁぁっぁあっ！」

絶頂を迎えた彼女は、その気持ちよさに押し流されないよう腰を止める。

きゅっとしまった膣内はただ挿れているだけで十分に気持ちがいい。

しかし、俺は下から腰を突き出し、彼女の膣内をかき回す。

「ひうぅっ！　クラウス、今はぁっ、イッてる、イッてるからぁっ！　ひゃうぅっ、あっ、ああぁっ！　んぅ、あぅっ！」

震える膣襞を感じつつ、手のほうはその爆乳を遠慮なく揉みしだく。

その頂点でぷっくりと膨らんでいる乳首をつまみ、そのままそこを弄り回した。

「あうっ、やっ、らめっ、またイク、イクからぁっ！」

「何回でも、好きだけイッてくれ」

「やぁっ！　あっ、ふぁっ、クラウス、クラウスのせーえきほしいのぉっ！　わたくしの中に、熱いのいっぱいっ！」

「うおっ。ずいぶん元気だな。これは……」

ゲルトルーデの膣内は、彼女の言葉を体現するかのように襞をペニスに絡ませて、絞るように吸いついてくる。

「はぁっ、あっ、らめっ……んっ、あっんうぐぅぅぅっ！」

何度も絶頂する彼女の膣内は、その度にオスの子種を求めて収縮する。

俺のほうも限界に近づいてきて、両手を回して彼女のおしりを支えると、これまで以上に激しく腰を振っていった。

「んはぁぁっ！　やぁっ！　おかひく、おかひくなるかりゃぁっ！　クラウス、ん、あああっ！　わらくひの、おぉぉっっ！　あっ、んぐっ！」

快感に体を揺らす彼女。

その髪が激しく揺れ、爆乳もブルンブルンと揺れる。

グラマラスな肢体を跳ねさせながら、ゲルトルーデは嬌声をあげていく。

「ああっ、らめっ、また、イクッ……！　イクイクッ、あぁぁぁっ！」

蠕動する膣内をかき分け、その奥にある子宮口を擦り上げる。

「ひぅぅっ、らめぇぇっ！　赤ちゃんの部屋、そんなにごりごりしないれぇっ！」

それでも彼女は腰を前後に大きく揺らし、更に快楽を求めていく。

「ぐっ、もう出るぞ！」

絶頂を重ねたその膣奥へと、俺は勢いよく精液を放った。

「んはぁぁぁぁああっ！　あっ、しゅごっ！　クラウスの子種汁、たくさん出てりゅっ！　いっぱい種付けされちゃってましゅっ！」

ろれつが回らない状態で、ゲルトルーデは嬌声をあげていた。

最後の一滴まで彼女の中で精液を絞り出してから、俺は力を抜いた。

「はぅ……」

ゲルトルーデも連続絶頂で体力を使い果たしたのか、そのまま力を抜いて俺のほうへと倒れ込んでくる。

ぬぽっ、とはしたない音を立てて、肉棒が膣内から抜けた。

気持ちよさと脱力感で、俺はそのまま大の字になる。

「あぁ……クラウス……」

重なるようにして抱きついてくるゲルトルーデの体は熱い。

「わたくしのほうが、たくさんイかされてしまいましたわ……」

「気持ちよかったから、いいじゃないか」

そんな彼女を抱きしめながら、俺はゆっくりと眠りに落ちていくのだった。


日々の疲れを癒やすのは、やはり風呂だ。

水道は俺がまっさきに取り組んだ分野でもある。

村や町は井戸の作れる、水脈のある場所か、川や湖などの近くにできることがほとんどなので、飲料水の確保にはまず困らない。時折、水脈が涸れ始めてしまうこともあるが、その場合は兆候があるので、枯れきる前に仕方なく村を移すことになる。

ともあれ、飲む分は井戸から組み上げればいいとしても、風呂は大変だ。

やはり、使う水の量が格段に多い。

蛇口をひねるだけで水が出てくる暮らしは、とても素晴らしいものだ。

テレビなどは、ないならないで適応もできるが、水道がないのはつらい。

そこで真っ先に、目立たない範囲で水道をひくことを決意したのだ。

といっても、その当時の俺はまだ子供だった。

いきなり水道を発表するなんてもっての外だし、親に原案を持っていったってまず相手にされないだろう。

だから、この結果までには結構遠回りだった。

当時の領主であった父親の仕事について行き、様々な技術者の元を周り、好奇心旺盛な子供のふりをして上下水道の魅力について語ったり、ポンプ式について質問をしたり、蛇口に近い構造になるよう話を振ったりしていた。

その結果としてアーベライン領はこの国初となる上水道を開発し、元々潤沢だった水をより気軽に使えるようになったのだ。

その後も、今度は大量のお湯を作れるようにと、子供時代に何年もかけて地道に頑張った結果、ついに自宅に風呂が完成した。

当時は大変だったが、今ではいい思い出だ。

今ではすっかり庶民にも定着した風呂は、そんな経緯もあってか、前よりも好きになっていた。

領主邸自体、ある程度見栄えの問題もあって大きな建物なので、風呂も大きなものを用意することができていた。

ひとりで入るには少し贅沢すぎるくらいだ。

一般家庭のバスルームというよりは、銭湯の浴槽に近い。

俺は蛇口をひねり、シャワーを浴び始める。もちろんこれも温水だ。

するとガラガラと音がして扉が開き、誰かが入ってきた。

「クラウス、背中を流しにきたのだ」

「ご奉仕させていただきますわ」

入ってきたのは、レナータとゲルトルーデだった。

彼女たちはタオルを巻いただけの姿で、風呂場に突入してきたのだった。

ふたりとも大きな胸にタオルの布地をとられており、下がとても際どいことになっている。

まあ、もっと凄い姿を見てはいるのだが……。

それでも思わず視線を奪われるくらい、彼女たちの姿は俺の目をひいた。

風呂場だから裸でもおかしくはないのだが、湯気の中でわずかに霞む姿は、男心を妙にくすぐるものだ。

「そうか。じゃあせっかくだし、お願いしようかな」

美女ふたりに体を洗ってもらうなんて、そうそうできることじゃない。

俺が素直にそう言うと、ふたりは嬉しそうに近づいてきた。

彼女たちは俺の両側に座り、さっそくその手に石鹸を泡立て始めた。

「それじゃ、さっそく始めるのだー」

「こんなことするの、初めてですわ」

そう言いながら、彼女たちの手が俺へと伸びてくる。

左側からは、レナータの小さな手がゴシゴシと。

右側からは、ゲルトルーデの手が慎重に。

俺の体を撫で、洗っていく。

「指の隙間も、こうやって……」

恋人つなぎのように指を絡めて、レナータが俺の手を洗ってくる。

ぎゅっ、ぎゅっと手に力がこもるたび、石鹸ですべるせいもあって、こそばゆさを感じた。

「わたくしは一本ずつ丁寧に……」

ゲルトルーデは言葉どおり、俺の指を一本ずつ丁寧に擦っていく。

彼女の両手が俺の指を包み、ゆっくりと前後に動いていく。

「クラウス、どうですか？」

彼女は焦らすように指を撫で、そして付け根のところも丁寧に洗っていく。

その姿はなんだかエロい。

指ではないものを愛撫しているかのようだ。

レナータのこそばゆさとは違い、一気に淫靡な感じになる。

「何を考えているのかしら？　ふふっ」

ゲルトルーデは妖しげに微笑んだ。当然、わかってやっているのだろう。

「まだまだこれからですよ？　レナータ、次は足を」

「うむっ！」

すると彼女たちは、正面に回ってくる。

いつの間にかタオルを外しており、生まれたままの姿をした彼女たちが、その体に薄く泡をまとっていた。

「クラウスの太腿を、ふたりで洗っていくぞっ」

レナータがそう言うと同時に、ふたりはそれぞれ俺の太腿に跨ってくる。

全裸の美女ふたりが、左右の腿に腰掛けてこちらを向いている状態。

当然、その魅惑的なおっぱいはこちらへと無防備にさらされているし、足に触れているのは彼女たちの股間だ。

「ん、しょっ」

「よい、しょっ」

「うわっ……」

レナータとゲルトルーデは、そのまま腰を前後に往復させ始めた。

俺の腿には彼女たちの恥丘が擦りつけられていく。

柔らかな土手がぷにっと腿の上を往復し、石鹸のぬるぬるが広がっていく。

「あっ、ふっ……」

「んっ……あぁ……」

風呂場でエコーのかかった、彼女たちの艶めかしい声が響く。

端的に言ってとてもエロい。

美女ふたりが、俺の太腿に恥丘を擦りつけて、吐息を漏らしているのだ。

こんなの、ほとんど目の前でオナニーを見せつけられているのと変わらない。

実際、彼女たちの表情も変わり始め、女の顔になってきている。

「んぁっ……ふっ、んっ……」

「はぁ、あっ……ふぅっ……」

彼女たちのそんな姿を間近で見せつけられれば、当然、俺も反応しない訳がない。

「クラウスのここ、大きくなってるな」

「ああ……」

レナータの手が、膨らんだ俺の肉棒を掴む。

石鹸まみれの手がぬるぬると肉竿をしごきはじめた。

「クラウスのここも、ちゃんと綺麗にしないといけませんわね」

ゲルトルーデは掌で亀頭を包み込み、左右にきゅっきゅっと擦ってくる。

「うあ……」

幹の部分を扱くレナータと、亀頭を責め立てるゲルトルーデ。

ふたりの手でぬるぬるにされた陰茎が、気持ちよさに跳ねる。

「んっ、はぁ、あっ……じゃあ、本格的にここを洗うぞ、んぅっ」

レナータがそう言うと、ゲルトルーデは頷く。

「ではわたくしは、お背中をお流ししますわ」

ゲルトルーデがそう言って俺の足からどくと、同じく一度腰を浮かせたレナータが、俺の目の前にくる。

「わたしのここで、んっ、クラウスのおちんちんをよく洗うからな」

彼女はくぱぁっと、自らの割れ目を広げてみせた。

ピンク色の内側が、肉棒を待ちわびるかのようにひくひくと震えている。

俺が自分にお湯をかけて石鹸を流すと、彼女は俺の肩へと両手を置き、そのまま跨ってくる。

「んっ……あぅっ……」

石鹸ではないものでヌルヌルになった彼女の割れ目。

愛液を肉竿へと零しながら、そこがゆっくりと重なってきた。

ぬぷっ、と音を立てて、蜜壺は肉竿を飲み込んでいく。

お湯よりも熱く感じる彼女の内側が、俺の肉棒を柔らかく、しかししっかりと締めつけてくる。

「あふっ、んっ、クラウス……」

対面座位の形で、レナータと俺はつながる。

膣襞がねっとりと肉棒に絡みついて震えていた。

「ふぅ、ぁっ……！」

「わたくしも、えいっ」

むにゅっ！

背中に柔らかな感触が襲いかかる。

姿は見えないが、ゲルトルーデがおっぱいを押しつけているのがわかった。

「ん、しょっ、よいしょっ」

彼女は俺の背中を、その豊満な胸で洗っていく。

むに、ふよんっと背中でおっぱいが弾み、その柔らかさと弾力を感じさせてきた。

「んっ、あぅっ、ふっ……」

石鹸でぬるぬるのおっぱいが俺の背中を誘うように撫で回していると、その一部にくりっとした硬さを感じるようになる。

「あんっ、んっ、ふぅっ……！　クラウスの背中に、やんっ！　はぁ、んっ……乳首が擦れて、ん……あぁっ！」

背中に乳首をこすりつけながら、彼女が嬌声をあげる。

「わたしも動くね……」

その声を聞いたレナータも、俺の肩に手をかけながらゆっくりと腰を動かし始めた。

レナータはぎゅっ抱きつくようにして、俺の胸板にそのおっぱいを押しつけてくる。

にゅるにゅる、ぬちょっ……っと前後両方からおっぱいに擦られる楽園。

そして肉棒はレナータのいたいけなまんこに咥えこまれ、その襞による歓迎を受けている。

柔らかさに溶かされそうになりながら、俺は彼女たちの感触を堪能していた。

「はぁ、んっ！　クラウスのおちんちん、わたしの膣内をごりごり削ってるよぉっ……！　あぅっ！

ん、はぁんっ！」

「はぁ、んっ、背中におっぱいこすりつけるの、ぅんっ！　いけないことみたいで、とても興奮しますわっ……！」

ふたりとも艶やかな声をあげながら、体を上下へと動かしている。

体全体を包み込まれてのプレイは、前後からの気持ちよさ以上に不思議な安心感を俺に与えてきていた。

「はうっ……んっ……クラウス、んうっ、あああっ！」

それに、両側から挟まれていることで、女体に埋没する贅沢感を味わうこともできる。

「はぁ、ぁ……んぁあっ。背中は思わぬところに突起があって、んぅっ、なかなか危険ですわ。ひゃぅうっ！」

背骨の出っ張りにぐりっと乳首を引っ掛けたゲルトルーデが、耳元で喘ぎ声をあげる。

ぎゅっと抱きついてきたから、ただでさえ押しつけられていた爆乳がむにゅぅっと潰れる。

「クラウス、今、おちんちんがピクってしたね」

その反応は肉竿にも伝わり、レナータに指摘されてしまう。

「流石にふたり相手だと、持ちそうにないな」

「いつでも、わたしの中に出していいからね。むしろ、早く出してほしいくらい、んぅっ！」

腰を突き上げると、レナータも強く抱きついてくる。

ふたりに前後からぎゅっと抱きつかれ、その柔らかさと甘い女の子の匂いにくらくらする。

思考がまとまらなくなって、気持ちよさだけが俺を支配していた。

ふたりに抱きつかれ、擦り上げられ、俺は本能のままその快楽に溺れ続ける。

「あぅっ、あっ、んっ、クラウス、わたし、もうっ……！」

昂り、締めつけを強くしているレナータが、そう呟く。

俺は腰を突き出し、彼女の奥を深くえぐった。

「ああっ！　んんんっ！　あぅっっ！　イク、イクイクッ！　クラウス、んっ、ああ、ひゅうぅぅうぅっ！」

ビュクッ！　ドピュッ、ビュクンッ！

「はぅっ！　あっ、あああっ！」

レナータの絶頂に合わせて、俺もその奥へと精を放った。

蠢く彼女の膣内を、白く染めていく。

「はぁ……ん、あぁぁ……」

絶頂の余韻に浸りながら、腰の動きを止める。

レナータは荒い息を吐きながら、至近距離で俺を見つめた。

「クラウス……ちゅっ、んっ」

そして軽く背を伸ばし、キスをした。

その動きで絶頂直後の膣内を肉棒が擦ることになり、感じた声を出したのがまた可愛らしかった。

「ね、クラウス、次はわたくしにも挿れて下さい」

後ろから、ゲルトルーデが耳元に囁いた。

普段の彼女とも違う、艶のある囁き声が耳をくすぐる。

「ああ、もちろんだ」

レナータが俺の上からどき、入れ替わりにゲルトルーデが正面に来る。

俺の背中におっぱいをこすりつけていた彼女は、もうおまんこもとろとろで愛液を零している状態だ。

そんな彼女を抱き寄せ、俺の上に座らせる。

「あんっ！　クラウス、んっ」

後ろ向きに座らせた彼女の背中が、俺の胸板に当たる。

俺は手を前へと回し、彼女の爆乳を揉み始めた。

「あっ、んっ……胸は今、んっ、敏感だからぁっ……」

ふわふわの爆乳をいじっていると、ゲルトルーデが甘い声を出す。

石鹸まみれのため、いつもよりぬるぬると指を動かすことができる。

「ひゃうっ！　あっ、クラウス、ダメッ、乳首、そんなに、んうぅうっ！」

乳首も石鹸まみれで、いつもよりスムーズに弄り回すことができた。

「あぅうっ、クラウス、待って、このままだと……んぅうっ！　わたくし、挿れられる前に、んはぁあっ！」

きゅっと足を閉じてハの字にしながら、彼女が快感に耐えている。

その姿は俺の嗜虐心を焚きつけるのに十分で、彼女の懇願を無視し、更におっぱいを責め立てていった。

「ああっ、いじわるっ！　クラウス、んはぁぁっ！　あっあっ、もう、んっ、ダメッ、乳首、んっイクッ！　イクゥゥッ！」

びくんと体を震わせて、ゲルトルーデがイった。

彼女はそのまま俺にもたれかかり、脱力している。

しかしすぐに気を取り直し、すねたような声を出した。

「クラウス、わたくしに意地悪しましたね？」

「ゲルトルーデが可愛かったから」

耳元でささやくと、彼女は可愛らしく反応した。

「そ、そんなこと言ってもダメです！」

デレデレな声でそう言いながら、ゲルトルーデはぐいぐいと体を俺に押しつけてきた。

おしりを動かすと、肉棒の付け根が擦られて揺れる。

竿の一部は割れ目に当たっており、前方からは、彼女のそこから生えているようにも見える状態だ。

「もうっ……クラウスにも、可愛いところを見せてもらうことにしますわ。えいえいっ」

「おうっ」

彼女はいきなり俺の肉棒を両手でつかみ、勢いよく擦り始めた。

すでに愛液と精液でぐちゃぐちゃになっている肉棒は、そんな荒々しいしごきも抵抗少なく気持ちよさを感じてしまう。

「どうかしら？　一方的に感じさせられる気分は？　クラウスも声を出していいのよ？」

そんな風に言うゲルトルーデだが、俺に体を預けている状態に変わりはない。

このまま彼女の好きにさせるのもいいが……今の気分としては、反撃に出るほうに傾いた。

片手をまたおっぱいへと伸ばし、片方は彼女の割れ目へと伸ばす。

「やっ、あんっ！　クラウス、んっ、うぅっ！」

敏感な乳首をいじりつつ、もう片方の手はクリトリスへと伸びる。

充血したそこを軽く撫でると、彼女の体が跳ねた。

「あっ、やめっ、んぅぅっ！」

「もっと可愛い声をだしていいんだぞ？」

「あうっ、ごめっ、ごめんなさいっ！　ん、はぁっ！」

思った以上に早く降参されて、ちょっと残念に思う。

もう少し粘ってくれても面白かったが、まあちょろいのもそれはそれでいいものだ。

「あぅ……」

俺は彼女の体を持ち上げると、角度を調整して、肉棒の上へと下ろしていく。

ぐちゅっ、と水音を立てながら、彼女のおまんこが肉竿を飲み込んでいった。

「んうっ、あっ、ひぅっ……あっ、んっ……」

ゲルトルーデの膣内をみっちりとペニスで埋め、その襞を感じながらゆっくり腰を動かす。

「あっ、やっ、クラウス、んっ、腰、速いですわっ……！」

「さっき、ゲルトルーデに追い込まれたからね。こっちももうイキそうなんだ」

「んぁっ、ふ、んっ……それならいいですのっ、んぁぁっ！」

優位を取り戻したと思った途端、強気になろうとした彼女の中をぐいぐいと擦りあげる。

途端に嬌声をあげたゲルトルーデに満足し、俺は腰を振り続けた。

「ひうっ、んっあああぁっ！　クラウスっ、わたくしっ、あぁっ！　クラウスのおちんぽも、先っぽ膨らんできてますっ」

「ああ。しっかり受け止めろよっ」

「はいっ！　クラウスの子種汁、わたくしの中にそそいでくださいっ！」

グラマラスな体つきの割に軽い彼女を持ち上げながら腰を振っていく。

細かな襞をぞりぞりと擦りながら、膣道を蹂躙し犯し尽くす！

「ひうっ！　ああああっ！　ひゃうっ、ん、あああっ！　イクッ、イキますっ！　あっあっ、んああぁぁああっ！」

体を仰け反らせて絶頂するゲルトルーデに合わせ、俺も射精した。

「ひうっ、熱いっ、クラウスのザーメン、いっぱいでてますわっ……！」

彼女の中に精液を出し切り、俺も一息ついた。

せっかく洗ったはずの体は互いの体液でどろどろになっていたので、改めて体を清めた後は、ゆっくりとお湯につかって、全員で体を温めることにしたのだった。

†

「クラウス様、こちらを」

「これは……」

いつものように書類を確認し、必要なものにはサインをしていると、使用人に声をかけら、一通の手紙を渡される。

それは王都から来たもので、差出人は法衣貴族のひとりとなっていた。

中を確認すると、王都への招待だ。

それも、代理人として一貴族が筆を執ってはいるものの、国王からの誘いだった。

当然、断れるはずのない呼び出しだ。

面倒だな……。

最初に出てきた感想はそれだった。

しかし、行かないわけにはいかない。

もう一度しっかり目を通してみると、ゲルトルーデとともに顔を出したうえで、俺と懇親会がてらアーベライン領の発展についての話がしたいらしい。

加えて言えば、その目覚ましい発展に一枚噛んでおいて、力を伸ばしたい、というのが透けて見えた。

今は政局も安定しており、王の力は大きいが、かといってみすみすチャンスを見送る理由もない。

まあ、こういうのも貴族社会の宿命か。

幸いというべきか、今回俺に課される手間は王都へ顔をだすことくらいだ。

領内の発展に関わっておく……といったって、地方領主である俺からすればかなりの大金を援助してもらえる上に、王家の後ろ盾があるとアピールして他の厄介事を退けることもできる。

俺としても結果のプラスが大きく、王家に感謝することになるだろう。

それに、ゲルトルーデにとって王城は実家だ。

その立場から肩に力の入ることが多かったとはいえ、思い出も多いだろう。

こちらにきてから落ち着いている彼女なら、城へ顔を出しても、うまくやれる気がした。

アーベライン領では、彼女にお姫様としての役割を期待する者がいないことや、立場が同じ妻のエルナやレナータがいることも大きいだろう。

その関わりの中で、彼女はより自然な、年頃の少女の顔を見せることが多くなっていた。

「とりあえず、ゲルトルーデに話す必要があるな」

俺は使用人に言付けをし、今回の件を彼女へと伝えてもらうことにした。

「かしこまりました」

彼は頭を下げて、部屋を出る。

王都へ行くとなると、数日から下手すれば数週間、領地を空けないといけない。

仕事はできるだけ片付けておいたほうがいい。

俺は改めて、机の上に広がった書類へ向き合うのだった。

王からの手紙が来て数日後、俺とゲルトルーデは馬車に乗って王都を目指していた。

「なんだか、王都にいたのがずいぶん昔のことのようですわ」

馬車に揺られながら、俺の正面に座るゲルトルーデがそう言った。

「それにしても、良かったのでしょうか……」

彼女はついいっ、と馬車の外へ目を向けながらそう言う。

「なにがだい？」

「王都についていくのが、わたくしひとりで、です」

「ああ……」

国王から絶対に連れてきてほしいと言われたのは、ゲルトルーデだけ。

とはいえ、妻であるエルナやレナータを連れていけないということはないだろう。

特にエルフであるレナータは、王都にいけば引っ張りだこになること間違いなしだ。

王も貴族も、彼女に近寄ってくることだろう。

だからこそ、彼女は留守番なのだが。

寄ってくる人たちに悪意はない。それどころか、みんなレナータと仲良くしたくて寄ってくるのだろうが、それでもいきなり知らない人が大量にすり寄ってくるのは、ずっと森で暮らしていたレナータからすれば負担だろう。

本人とも話して、今回はお留守番、ということが決まったところで、エルナも留守番を申し出てきた。

レナータひとりだけ置いていくのも忍びないし、エルナはさほど王都に興味がない、ということらしい。

まあ、有力な商人の娘だった彼女にとって、そこまで劇的に珍しいものがあるわけでもないしな。

そんなわけで、ふたりは留守番だ。

今回はゲルトルーデとのふたり旅、ということになったのだった。

いや、まあ、実際にはたくさんのお供がいるのだけれど。それは貴族の宿命だ。

「ふたりを無理に連れてきても、疲れさせちゃうだけだしね」

そのうち落ち着いたら、今度は三人で旅行に行くのもいいかもしれない。

エルナとは、また別荘に行く約束もある。まあでも今は……。

「せっかくだから、ふたりの旅行を楽しもうか」

俺がそう言うと、ゲルトルーデは驚いたような表情を浮かべた後、微笑んだ。

「そうですね。クラウス」

そして立ち上がる。

「移動中に立ち上がると危な――」

と言いかけた俺の隣に、ストンと座った。

「じゃあ、めいっぱい楽しませてもらいますわ」

彼女はそう言うと俺に寄りかかり、くっついてきたのだった。

ゲルトルーデはいたずらっぽく微笑むと、俺の腕をぎゅっと自分の胸に押しつけてきた。

このまま馬車の中で、というのも……と考え始めたところで、ゲルトルーデが顔を赤くした。

どうやら、俺が考えていることがわかったらしい。

彼女は小さな声で俺に言った。

「だ、ダメですよ！　馬車の中でなんて……他の方にバレてしまうでしょう!?」

車内には俺と彼女しかいないが、御者や護衛は当然、直ぐ側にいる。

馬車の中で始めれば、動きや声であっさりとバレてしまうだろう。

「別に夫婦なんだし、悪いことはしてないけどね」

「は、恥ずかしいじゃないですかっ！」

日頃の様子はどこへやら、羞恥で顔を赤くするゲルトルーデが可愛らしい。

「そ、それに、クラウス以外の人に裸を見られるなんて……」

「大丈夫、何をしているかわかっても……いやわかるからこそ、中を見たりなんてしないよ」

「んっ……」

彼女を抱き寄せ、口づけをする。

軽く触れたあとで一度離すと、彼女はそのまま俺の躰を押してきた。

「ほ、本当にダメですわ。……その、宿について、落ち着いたら、ね？」

「うん、わかったよ」

恥ずかしがる彼女が可愛くて、ついからかってしまったのだった。

数日間の馬車旅を経て、俺たちは王都に到着した。

城に通された俺たちは客人としてもてなされ、明日の夜、落ち着いてから王様と正式に会談することになった。

夫婦ということで、同じ部屋に通された俺たち。それは、ゲルトルーデが以前使っていた部屋だ。

王城にあるお姫様の部屋。それはホテルのスイートルームみたいなもので、一部屋とされている中にも、いくつもの小部屋が存在している。

ベッドも当然キングサイズ。お姫様のベッドということで、天蓋付きのちょっとファンシーなものだ。

「な、なんだかちょっと恥ずかしいわね……」

ベッドを見ていると、ゲルトルーデが呟いた。

確かに、思わぬお部屋訪問だったからな。

片付けられているとはいえ、ここは彼女が俺の妻になるまで過ごしていた部屋だ。

そう思うと、なんだか新鮮な感じがした。

それにアーベライン領内には、これほどの部屋は存在しない。

やはり王の財力はすごいな、と思うのだった。

しかしこうして部屋に通され一息ついたところで、すぐに忙《せわ》しなくなる。

王との正式な会談の前に、ゲルトルーデに挨拶をしたいという貴族たちがいたのだ。

「彼らはわたくしが王都にいたときに、親しくさせていただいていた方たちですわ」

貴族風の言い回しをした彼女。親しく、というのは言葉どおり仲良しというわけではなく、利害や派閥の関係で接点のあった人、という意味だろう。

「なるほどね。それじゃ、挨拶も必要だな」

彼らのほとんどは王都にいる法衣貴族だ。

元々、王位継承順位の低かったゲルトルーデは、神輿として担がれることもなかった。

しかしそれでも王族であることに間違いはなく、末姫として可愛がられていた彼女の機嫌をとっておくことが、ひいては王や王子の覚えを良くする、ということでもある。

そのため、直接に王に寄っていけないような、今は力の小さな、しかし出世を狙う者たちが彼女の周りには集まっていたのだと思う。

「わたくし自身ではなく、王族という血や立場に集まっていたのですわ」

それはある程度、仕方なのないものだ。

地方領主の俺ですら、その立場に近よってくる者はいた。

貴族同士、政略結婚の話も若い頃はたくさん来ていたしな。

結局、そういう貴族社会のやりとりが面倒で地味でいることを選んだのだが、姫というゲルトルーデの立場では、それも無理というものだろう。

俺とゲルトルーデは、順番に挨拶に来る貴族たちを出迎えることになった。

「お久しぶりです、ゲルトルーデ様。はじめまして、アーベライン伯爵」

最初に来た貴族が、そう言って挨拶を述べる。

貴族らしく長めな時候の挨拶を含めたものが終わると、彼はやや怯えた顔でゲルトルーデを見た。

その顔には「どんなわがままを言われるのだろうか?」という不安が見てとれるようだった。

それなりに隠してはいるが、俺も端っことはいえ、なんだかんだで貴族社会に長くいた身だ。

その辺りの空気については、なんとなく察しがつく。

それはゲルトルーデのほうも同じようで、彼女は苦笑を浮かべていた。

もちろん、今の彼女はわがままなんて言わない。

王都にいた姫の頃とは違うのだし、そもそも挨拶に来たがったのは相手のほうだろうに。

今はアーベライン領で気兼ねなく過ごし、彼女も素直に自分を出せるようになっている。

結局、これといった要求もされなかった貴族は、驚きを隠せないような顔をして挨拶を済ませ、部屋を出ていった。

……ということが、尋ねてきた貴族の分だけ、何回も続いた。

挨拶に訪れる人の多さに、改めてゲルトルーデがお姫様だったのだと実感する。

地方貴族である俺なんかでは、考えられないことだ。

結果的にかなり長くなった挨拶詣でを終えると、俺たちはまたふたりきりになる。

一息ついたゲルトルーデは、用意された紅茶を一口飲んでから話す。

「それにしても皆さん、わたくしが何も要求しないことを知ると、わがままを言ったときよりも驚いた顔で面白かったですわ」

そう言って彼女は笑みを浮かべる。

貴族たちが緊張で浮かべていたような苦笑ではなく、もっと無邪気な笑顔だ。

「一体、わたくしを何だと思っていたのかしら」

軽く膨れてみせる彼女は、アーベライン領での暮らしでずいぶんと変わった。

それは王都に戻ってきても、もう大丈夫なようだ。

この部屋で過ごしていたときと、今のゲルトルーデは違うのだ。

「でもね、クラウス」

彼女は貴族たちが帰っていったドアのほうを見ながら、言葉を続けた。

「たしかに彼らは、ゲルトルーデというわたくしではなく、わがままな末姫を見ていたの」

貴族たちがわがままに付き合っていたのは、ゲルトルーデという個人ではなく、王や皇太子のためだ。

かつての彼女もそれをしっかりと感じ取っており、だからこそ無茶を言って困らせる形で、感心を引こうとしていた部分があった。

「でもね、たとえどんな理由がっても、彼らはわがままなわたくしに付き合ってくれていたの。それはありがたいことだったんだなって、今回会ってようやく思えたわ」

「なんだか、大人になったみたいだね」

思わず俺がそう言うと、彼女はにやり、とでもいうような意地悪な笑みを浮かべて頷いた。

「そうね、誰かさんがわたくしを女にして、たくさん愛してくれたからしら？　この調子では、大人どころか、母親になっちゃうかもしれないわね？」

「なるほど」

俺は苦笑いを浮かべながら頷いた。

正式に夫婦になったこともあり、最近では肌を重ねることも増えている。

ゲルトルーデに限らず、世継ぎを期待する流れも感じているしな。

まだまだ若い彼女たちと違い、俺はもう、この世界だとそれなりにいい年だ。早めに子供を、という思いが周りの人間からは感じられる。

まあ、その辺りは自然に任せることにした。それなりに科学的な裏付けがあるものからおまじない程度のものまで、現代知識を使った方法もあるのだが、俺個人としてはそこまで跡継ぎにこだわるつもりもない。

「ゲルトルーデ様、クラウス様」

ノックの後、使用人が声をかけてくる。

どうやら来客があったらしい。やはり、ゲルトルーデに挨拶に来た、ということだった。

頷いて、通してもらう。

「お久しぶりです、ゲルトルーデ様」

お決まりの言葉から始まった挨拶だったが、これまでのどの人よりも、その女性の声には感情がこもっている気がした。

それに、夫婦で挨拶に来ているにもかかわらず、話しかけてくるのは主に奥方だった。

普通は当主である男性が主に口を開くのだが、どうやら女性のほうがゲルトルーデと関係が深いらしい。挨拶に挟まれる話を聞くうちに、彼女がゲルトルーデの身の回りの世話をしていた、というのがわかった。

「久しぶりね、ドーリス」

彼女は小さな頃から私の面倒を見ていてくれたの、とゲルトルーデはドーリスを紹介した。

上位の貴族令嬢の世話は、使用人といえども貴族出身の者が務めることが多い。

同じ貴族階級の令嬢が社会勉強や関係の強化でつけられることも多いが、結婚で期間が短くなりがちなため、筆頭となる世話係には、下級貴族と結婚した女性が当てられることが多い。

ドーリスもそんな既婚女性のひとりで、旦那であるバッハマン子爵と結婚してからゲルトルーデの世話係になっていたそうだ。

ひと通りの挨拶をした後、ゲルトルーデはドーリスとの思い出を語り始める。

思い出話を始めた彼女に驚きつつも、ドーリスは懐かしそうに頷いていた。

俺とバッハマン子爵は蚊帳の外で、時折目が会っては気まずくそらす、ということをしていた。

他の場なら貴族同士、当たり障りない話で場をもたせることもできるのだが、今はあくまでゲルトルーデとドーリスの挨拶に、俺たちが付き合っている形だ。

情勢の話や仕事の話を始める訳にはいかない。かといって、俺はドーリスを、バッハマン子爵はゲルトルーデをよく知らないので、関係ある話はできない。

俺たちはふたりしておとなしく、彼女たちの話をきているしかないのだった。

「ドーリス」

話が一段落したところで、ゲルトルーデが改めて彼女の名前を口にした。

「はい、お嬢様」

「結婚したときはバタバタしていて、ちゃんと言えなかったけど」

彼女は言葉を区切り、まっすぐにドーリスを見詰める。

「わたくしの面倒をみてくれて、本当にありがとうね」

「お嬢様……」

驚いたのか、ドーリスは目を見開いた後、涙を浮かべ始めた。

微笑んだゲルトルーデは彼女を抱きしめる。

年齢差もあって、その様子は親子のようだ。

ゲルドルーデが小さい頃から面倒を見ていたのだから、実際似たようなものかもしれない。

「お嬢様……アーベライン伯爵の元へ嫁がれて本当に良かったですね」

「ええ、そうね。あなたに感謝できるのも、アーベラインで過ごした時間のおかげよ」

「とても、立派になられました」

彼女たちは抱き合って、再会と変化を喜んでいた。

そんなふたりを見て、今回、誘いを受けたことはとても良かったな、と思った。

アーベライン領での暮らし、王都から離れたのんびりした土地と、同じ立場のエルナやレナータとの関わり。

その中で変化していったゲルトルーデは、王都での暮らしを懐かしがることはなかった。

王との距離感に寂しさを感じていた彼女にとって、アーベライン領は居心地が良いのだろう。

その穏やかな暮らしの中で、彼女は王都にいた頃のことを見直し、周りにいた人を捉え直すことができた。

その結果、かつては気付かなかったものに気付け、こうして再会を喜ぶことができていた。
アーベライン領にきたばかりの頃ともすっかり違うゲルトルーデの姿を、俺も微笑ましく見守っているのだった。

†

翌日、王との会談を終えた俺とゲルトルーデは部屋へと戻ってきていた。
今夜はここで過ごし、明日は領地へと戻る。
内容は予想どおり、アーベライン領の発展への資金援助だった。
俺はそれを受け入れて、王に丁寧に礼を言い、話し合いはとてもスムーズに終わった。
あとはほとんどが、ゲルトルーデと家族の談笑だった。
嫁いだ娘が帰ってきたのだ。俺はその様子を一歩引いて眺めていたのだった。
「ね、クラウス……」
明かりを落とした部屋の中には、窓から月明かりが差し込んでいた。
ゲルトルーデはバルコニーのほうへ出て、こちらへと呼びかけてくる。
「どうした？」
俺はバルコニーへ出て、彼女の隣に並んだ。
空には満天の星。

地上が暗いから、星ははっきりと見え、空は明るい。

ゲルトルーデの肌が、明かりを受けて白く輝いて見える。

薄いネグリジェは透けているタイプのもので、その下の下着やスタイルのいい彼女の体が見えていた。

俺は彼女の身体から視線を外し、再び空へと向ける。

アーベライン領でも王都でも、この世界の空は明るい。

「クラウス、ありがとう」

空から俺の顔へと視線を移し、彼女が言った。

「クラウスのおかげで、わたくしはいろんな事に気付けるようになりました。ここにいた頃はただ、誰もわたくしを見ていない。だから困らせてもいいし、そうやって注目を集めないといけない……そう思っていたのに」

彼女は部屋のほうを振り返る。

ゲルトルーデがわがまま姫として過ごしてきた部屋。

綺麗に整えられており、奥には大きな天蓋付きベッドがある。

視線を戻すと、彼女が俺を見つめていた。

「でも、それだけではなかった。それに気づいて、ちゃんとお礼が言えたのはクラウスのおかげですわ」

「ゲルトルーデが変わったのは、君自身の成長だろう」

俺がそう答えると、彼女は柔らかな笑みを浮かべた。

星空の下で微笑む彼女はいつも以上に綺麗に感じる。

普段は強気な印象を与えるその顔に、どこか儚さを感じるからかもしれない。

消えてしまわないように、彼女を抱きしめたい。

そんな欲求が胸の内に広がり、俺は彼女を抱き寄せた。

彼女の細い、しかし女性らしい柔らかさに満ちた体を感じる。

魅惑的な爆乳がむにゅっと潰れその谷間が強調されていた。

「クラウス……んっ」

差し出された彼女の唇を奪う。

舌を突き出し、互いに絡め合う。

舌先を尖らせて、ゲルトルーデの舌を擦り上げる。

「ちゅ、ん、れろっ……ふあっ」

「ゲルトルーデ、こっちに」

「はい……」

唇を離した俺は、彼女の細い腰に手を回し、そのままベッドへと連れていく。

天蓋付きのベッドにふたりして倒れ込む。

「クラウス……ん、しょっ」

彼女は俺の上に覆い被さると、逆向きになって俺のズボンを脱がし始めた。

仰向けになった俺の目の前には、彼女のおしりが揺れている。

薄く透けたネグリジェ越しに、そのおしりをなで回した。

丸みを帯びた彼女のおしり。すべすべした布の肌触りと、その奥のぷにっとした肉感を堪能した。

「あっ、もう、クラウスってば……準備がはやいですわぁ……」

嬉しそうに言ったゲルトルーデは俺のズボンと下着をおろし、肉棒を取り出すと、迷わずにそれを口に含んだ。

彼女の温かな口に先っぽが咥えられる。

「んぶっ……ちゅっ、じゅるっ！」

ねっとりと唾液が絡み、亀頭を温めていく。

「ん、じゅるっ……やっぱりクラウスのおちんぽは大きいですわ。まだ膨らんできてます。そんなに大きくしたら、収まりきりませんわ」

シックスナインの姿勢なので、彼女が咥えているところを見られないのは残念だ。

しかしその分、もっと魅力的な場所が目の前にある。

俺はネグリジェをたくし上げ、彼女の下着をおろす。

ちゅくっ、と水音を立ててクロッチの部分が糸を引く。

既に濡れた彼女のそこ。

下着から解放され、目の前でむわっと女の匂いが香った。

「ゲルトルーデこそ、ずいぶん準備がはやいみたいだけど？　れろっ」

「んぶっ！　あっ、クラウス、そんなことっ……じゅぶぶぶっ！」

ぷにっとした媚肉を押し広げ、その膣内に舌を出し入れしていく。

ヒクつくその内側から愛液が溢れ、それを舐めとっていった。

「ああうっ！　クラウス、んっ、ああっ！　そんなにペロペロされたら、わたくし、感じて、んあぁぁっ！」

小陰唇をなぞるように舌を滑らせ、その頂点でまだ隠れているクリトリスを軽く舐めあげた。

「ひゃうぅぅっ！」

ビクン、と彼女が体を揺らし、おまんこが顔に押しつけられる。

力が抜けたのか、それとももっとしてほしいとねだっているのか。

「じゅるるるっ、じゅぶっ、どんどん溢れてくるな。れろっ！　ほら、ゲルトルーデのエッチなお汁がまた」

「ああっ！　そんな、んうっ、わたくしも、クラウスを気持ちよくして差し上げますわっ！　はもっ！　れろっ、じゅうぅぅっ！」

彼女は肉棒を頬張ると、勢いよくバキュームしてきた。

一見強すぎるかのような音を立てているが、既に彼女を責めてビンビンになっていたそこには、ちょうどいい気持ちよさだ。

「じゅるっ、じゅぶっ、れろれろっ！」

舌先でカリの裏側を責め、裏筋を舐め上げる。

俺も負けじと彼女のクリトリスを舌で押し、軽くなぞり上げた。

「んぁっ、あっ、クラウスっ！」

ひくひくと膣襞が震えて、蜜を溢れさせる。

昂ぶったそこをさらに責め立てていく。舌を細かく動かし、ゲルトルーデのクリトリスを先程より少しだけ強めに刺激した。

「ひゃぅぅっ！　あっ、ダメッ！　んぅぅっ！　イクッ、もう、すぐにイクッ！　あっあっ……んはぁぁぁああっ！」

ガクガクと体を揺らしたゲルトルーデから、ぷしゅっと潮が飛び出してくる。

それを受け止め、彼女の膣口に口を寄せて吸い込んだ。

「ひうぅっ！　あっ、イってるところ吸うのらめぇっ……んっ、はぁんっ！」

痙攣する女陰と蕩けたゲルトルーデの声。

俺は口を離すと、一度彼女を休ませることにした。

ただ彼女を気遣う心とは裏腹に、突き出している肉棒は刺激を求めてそそり勃っている。

「んっ、次はわたくしの番ですわ。こんなにガチガチになって切なそうなクラウスのおちんぽ。ちゃーんとわたくしのお口まんこで気持ちよくして差し上げますわ。ぱくっ……れろっ、れろれろっ、じゅるるっ！」

再開した彼女のフェラは、焦らされた肉棒を的確に責めてくる。

「はむっ、ぺろぺろっ……我慢汁が溢れてきてますわ。んぶっ。……もっと奥まで、あーんっ。んごっ、じゅぶっ、ずぼっ！」

「うおっ……ゲルトルーデ……」

彼女は喉まで肉棒を咥え込み、深く快感を与えてくる。

「んぶっ、ふひはほひに、らひてくらはい……じゅぶっ、もごごっ！　れろおっ……じゅぼぼぼぼぼぼっ！」

「ぐっ！」

ゲルトルーデの喉奥で肉竿が跳ね、精液を吐き出した。

「んぐっ、んっ、もごっ……」

喉に当たる精液に彼女が反応し、肉棒の根元を握ると、そのまま精液を飲み込み始めた。

「んぐっ、ごくっ、ちゅぅぅっ」

「ゲルトルーデ、んっ」

「んぐぐっ、ごっくんっ！　はぅ……ドロドロで喉に絡みつく、クラウスの濃いザーメン、美味しかったですわ」

口を離した彼女がうっとりとした声で言った。

彼女は一度俺の上からどくと、ベッドに座り、その足をM字に開いた。

そして自らの手でくぱぁと割れ目を広げる。

ピンク色をした彼女の内側が、ひくひくと動いていた。

「ね、クラウス……次はわたくしのここに、おちんぽをください」

「ああ。もちろんだ」

「あっ……もう、あれだけ出したのに、クラウスはとっても元気なのですね」

ゲルトルーデのよだれでテカテカと光っている肉棒は、その力を失うことなく天を向いたままだった。

俺は彼女に近寄ると、ゆっくりとその体を押し倒す。

「あぅ……」

大きく足を開いたまま、仰向けにこちらを誘うゲルトルーデ。

そんな彼女に覆い被さる。

ここは、彼女が長い時間を過ごしてきたベッドだ。

そう思うと、不思議な興奮がある。

彼女の成長と歴史を受け止めてきたそこで、妻となったゲルトルーデを抱く。

彼女の膣口に肉竿をあてがい、ゆっくりと腰を押し進めていく。

ぬぷぷっと肉棒が膣道をかき分けて入っていった。

「クラウス、んっ……あぁっ」

熱くぬめった膣内は、ぴっとりと肉棒を包み込んできた。

「んうっ、はぁ、あぁっ！　クラウスの硬いおちんぽが、わたくしの中にぐりぐり入ってきますわっ……んぁっ！」

腰をゆっくり動かすと、震える膣襞が肉竿を擦り上げてくる。

ゲルトルーデはきゅっきゅっとその形を確かめるように肉棒を締めつけ、そのうねる膣内が精液をねだるように蠢く。

「あんっ、あっ、クラウスぅっ……！」

ゲルトルーデの大きな胸に手を伸ばし、こねるように揉んでいく。

仰向けでも存在感を失わない爆乳は、ふわふわと指を受け止めてくれる。

手に収まりきらない乳肉が、指の刺激でむにゅっと形を変える。

「ん、うぅっ！」

豊かな双丘をこね回しながら、その頂点でつんとすましている乳首をいじり回す。

「ひうっ！　あっ、そんな……両方……乳首くりくりしちゃだめぇっ……！」

「ぐっ、ゲルトルーデ、締めすぎだ」

つぶつぶの襞がぎゅっと締めつけ、肉棒を擦り上げてくる。

その強い刺激も、あふれ出る愛液のおかげで心地いい。

じゅぶじゅぶっと激しい音立てながら、彼女の蜜壷を掻き回していく。

「んはぁあっ！　クラウス、あぁあっ！　んうっ、赤ちゃんの部屋、降りてくるぅっ！　入り口がはしたなく開いちゃいますわぁっ！」

言葉どおり、突き出した先端がこりっと子宮口に当たる。

「ひゃううっ！　あっ、んはぁあっ！　そこ、奥っ！　もっ、もっとぐりぐりしてぇっ！　クラウスの硬いおちんぽでぇっ！」

びくんと体を震わせると、彼女の胸がぶるんと揺れる。

暴れるそこをさらに激しく揉みしだきながら、腰のほうも動きを加速させていく。

亀頭が子宮口を激しくキスして、ぐいぐいと押し広げていく。

オスの本能がメスの奥を目指し、睾丸から精液が駆け上ってくるのを感じた。

「んぁっ！　出してっ！　わたくしの中に、精液いっぱいっ！　おまんこにたくさん種付けしてぇっ！」

「ああ、全部受け止めろよっ！」

俺は深いストロークで、彼女の奥をゴリゴリと責めていく。

じゅちゅっ！　ばちゅっ！

奥まで彼女を犯し尽くし、征服していった。

「んはぁぁっ！　あっ、あああっ！　クラウス、クラウスッ！　あっ、んぁっ、イクッ、イクイクッ、イックゥウウウゥウゥッ！」

ビュクッ！　ビュククッ、ビュルルルルッ！

「ひゃぅぅうぅっ！　あっ、あぁ……出てる、わたくしの奥で、クラウスの子種汁っ。子宮にビュクビュク出てるぅ……」

うっとりと呟く彼女と、貪欲に精液を搾り取ってくるその膣内。

精液を全て絞り出すようなそのうねりに、腰を止めてもまだまだ吸い出されていく。

「あぁ……」

全てを吐き出しきった俺を、ゲルトルーデが抱きしめた。

むにゅんと顔をその爆乳に埋める形になり、柔らかさに包み込まれる。

「クラウス……わたくしとても幸せですわ」

彼女の手がゆっくりと俺を撫でている。

その温かさと柔らかさに、俺も心が安らいでいく。

「こうしてクラウスをぎゅっとしていると、とても温かくて、安らいで……」

そこで彼女はきゅっと膣内を締めた。

まだ入ったままの肉棒が、その刺激に反応する。

「とってもエッチな気分になってしまいますわ……クラウスもそう？」

「ゲルトルーデはドスケベなお姫様だな」

「やんっ、乳首を吸うなんて、んっ、エッチな赤ちゃんですっ」

顔を埋めたまま、彼女の乳首を吸って、舌先で転がす。

ゲルトルーデの素直な体は、その度に反応して肉竿を締めつけてきた。

「クラウス、ん、また太くなってきてますわ。ほらっ」

「ゲルトルーデだって、どんどん愛液を溢れさせてるな」

「きゃうっ、んっ……ね、クラウス……」

「ああ。気持ちよすぎて気絶するまで愛してやる」

「あぅっ、よろしくお願いしますわ」

俺たちはそのまま、互いの体力が尽きるまで交わり合うのだった。

†

石造りの整然とした街。

王都と並べても見劣りしないほど立派なここは、アーベライン領に新しくできた街だ。

街中も賑やかで、多くの人が賑わう。

流石に人口は王都には及ばないが、それでも国内で有数の都市だろう。

俺は軽い変装をして、領主だとばれないようにお忍びで歩いている。

新しい街には様々な物が集まり、これまで流行から引き離された僻地だったのが嘘のようだ。

それらはあくまでエルフと王家の力。

そう思ってもらうことで、俺は今ものんびりとした暮らしを送っていられる。

隠れ蓑を得た俺は今、領主の権限で便利アイテムをバンバン作らせていた。

中でも温度管理が可能になったことで、様々な食品がこの地まで届くようになったのだ。

普通なら二、三日でダメになってしまう肉や魚も、冷凍することができれば長く持つ。

腐りやすいものが運べるようになったことと、その技術がアーベライン領発祥ということで、多くの人や物が集まるようになってきている。

今では躊躇なく、現代日本にあったものをアイディアとして話すことができる。

あとはこの世界の職人たちが、この世界の技術でそれを再現してくれるのだ。

時折、俺が元の技術について知っていることを話し、それを手助けしていく。

想像すること、思いつくことは大きな力だ。

そこに金銭など人を動かす力が加わると、その思いつきは一気に実現へとつながる。

その結果、アーベライン領はどんどん発展しているのだ。

過度の発展は必要ない、と思っていた時期もあったが、それはあくまで安らかな日々を手放してまでは、発展に拘る必要がないということだ。

今のように脅かされない状況にあれば、暮らしをより便利にしていくというのは、悪くない。

もちろんそれも頑張りすぎず、生活ありきのペースで、ということになるが。

そんなわけで発展したアーベライン領を見ながら、家へと戻る。

大きな街になったことで、領主の屋敷も相応の豪華さを求められ、かつてよりも広い屋敷に暮らすようになっていた。

「おかえりなさい、旦那様」

今ではすっかり増えた使用人たちから一歩前に出て、俺を出迎えてくれたのは妻のエルナだ。

変わっていく生活の中でも、彼女の姿勢は変わらない。

「ただいま、エルナ」

出迎えてくれた彼女と一緒とともに、リビングへ向けて歩いていくのだった。

一日の仕事を終え、食事と風呂を終えると、やることは一つ。

「旦那様、こちらへ」

「いーっぱい出してもらうからね」

「今日は誰からにするのかしら？」

俺を出迎え、腕をひっぱってベッドへと誘導するのは、三人の若妻たち。

エルナ、レナータ、ゲルトルーデだ。

彼女たちはひらひらとした薄いネグリジェ姿で、俺に抱きついてくる。

薄い布一枚だけの柔らかな体を押し当てられると、俺の中の男が否応なしに反応してくる。

街が発展し、当初の予定よりも豪華なスローライフを送っている今、夜の生活もまた、最初の想定よりずっと豪華になっている。

三人もの美女に囲まれ、彼女たちを好きに抱ける。

そんな生活、貴族の子として転生した後でさえなかなか思い描けなかったほどだ。

まさに男の夢。

「ほら、クラウス、早くするのだ」

レナータに手を引かれ、ベッドへと押し倒される。

そして彼女たち三人は、そんな俺へ覆いかぶさると、すばやく服を脱がせていった。

三人の手が俺の体を這い回る。

シャツを脱がし、ズボンを下ろし、その合間に肉竿を刺激される。

いたずらっ子は誰か、と探るよりも先に、腿を撫で回され、乳首をいじられ、そして再び陰茎を弄ばれる。

俺の服をすっかり剥ぎ取ってしまった後も、彼女たちは俺の体を執拗に撫で回していった。

「旦那様、どうですか？」

「撫で回されるの、気持ちいい？」

「あちこち触られると、ゾクゾクしませんか？」

三人は位置を変えながら、俺の全身を撫でてくる。

一つ一つはちょっとした気持ちよさやくすぐったさなのだが、それが三人分、六本の手によるものとなると、刺激を受け取る体のほうも混乱して、気持ちよさが何倍にも膨れ上がってくるのだ。

「すごい連携プレイだな」

思わずそうもらすと、レナータが嬉しそうに答える。

「まだまだ、これからなんだから」

「旦那様もおちんぽ、しっかり大きくなってきました」

「ほとんど直接触ってないのに大きくするなんて、クラウスはヘンタイなのかしら？」

「人のこと言えるのか？」

「きゃうっ！」

ヘンタイ扱いしてきたゲルトルーデを引き寄せ、スカートの中に手を入れる。

下着に包まれた彼女の割れ目を撫でると、そこはもう湿り気を帯びていた。

「こっちはまるで触っていないのに、ゲルトルーデはこんなに濡らして……それこそヘンタイなんじゃないか？」

「あぅっ、違っ……んっ……」

すぐに割れ目から手を離すと、焦らすように彼女の内腿を撫でていく。

鼠径部の辺りまで近づき、また膝側へと離れていく。

さわさわとソフトタッチで腿を責めていると、ゲルトルーデが切なそうな声をあげた。

「クラウスっ、んっ……そんなにいじわるしないで……わたくしが悪かったから、んっ」

すぐに折れる素直な彼女を楽しんでいると、急に股間が生暖かいものに包まれた。

「んちゅっ……れろっ、ちゅっ。ゲルトルーデ様をいじめてギンギンになるなんて、いけない旦那様ですね」

「はむっ！　ちゅぅっ。そんなクラウスの精液はぜんぶ搾り取ってやるのだ」

放置されていたふたりが、俺の肉棒を舐め回し、刺激してくる。

彼女たちの舌はペニスを上下に這い回り、硬くなったそこを舐め回す。

「んっ、ちゅっ……」

「一度このまま出しておく？」

レナータが肉竿を舐め回しながら問いかけてくる。

それは、どのくらい出せるかを尋ねてもいるのだろう。

彼女たちはまだ若いが、俺はもうアラフォー。普通なら三人の相手なんて体力が持たないところだ。

だが、俺は違う。

ハーレムを作ることでオスとしての力が湧き上がったのか、今では二十代の頃……いや、それ以上の精力を誇っていた。

　彼女たち三人を満足させるのも十分に可能だ。

「どちらでもいいぞ……ただ、フェラの最中にも俺がいたずらするかもしれないけどな」

「ひゃうっ、あっ、旦那様ぁ……」

　爆乳を鷲掴みにして揉むと、エルナが嬉しそうな声をあげた。

　彼女はぐいぐいと俺に胸を押しつけ、もっといじるように要求してくる。

「人をだしにしてエロいことしてくるいけない奥さんには、おしおきが必要みたいだな」

「あっやっ……んっ、おしおき、してくださいっ」

　最初から落ちきっているエルナは、色っぽくそう言うと身を委ねてくる。

　まったく、いつの間にかこんなエロい子になってるなんて……最高だな。

「わ、わたくしも、れろっ！」

「おぅっ」

　ゲルトルーデが肉棒のほうへにじり寄り、フェラを始めた。

「そうだ、他のとこも舐めたら、撫でたときみたいにクラウスが感じるかも」

　そう言ってレナータが俺の胸へと上がってくる。

「乳首とか感じる？　れろっ、ちゅっ」

　彼女の舌は、俺の乳首に襲いかかってきた。

「わっ、男の人も乳首って硬くなるんだ。じゃあやっぱり気持ちいい？　れろれろっ……ふふっ、なんだか不思議だね。体のあちこちは大きくて硬いのに、乳首だけはすごくちっちゃい。ほら、わたしの乳首に埋まっちゃうのだ。んっ」

彼女は口を離すと、自らの爆乳を俺の胸へと押しつけてきた。

レナータのぷっくりと膨らんだ乳首が、未発達な男の乳首をたやすく押しつぶしてくる。

「あっ、なんかこれ、すごくピンポイントで気持ちいいかも。んっ、はっ……」

彼女はそのままおっぱいを動かし、俺の乳首にこすりつけ始める。

「あうっ、んっ……どう？　クラウスも気持ちいい？」

胸をこすりつけ、至近距離でレナータが尋ねてくる。

「あぁ……ただ乳首が気持ちいいっていうよりは、レナータのおっぱいが気持ちいい感じかな」

「んっ、あっ、そうなんだ？　やっぱり男の子の乳首はそんなに感じないのかなぁ、んぅっ！　あうっ、あっ、クラウスっ、んぁっ！」

「レナータの乳首は、こんなに感じやすいのにな」

胸元へと手を入れて、彼女の乳首をつまむ。彼女は敏感に反応し、体を震わせる。

三人にもみくちゃにされ、俺のペニスはもうギンギンに滾って、すぐにでも挿れたいくらいになっていた。そこで体を反転させ一度身を起こす。

「そろそろ、みんなの中に挿れたいところだ」

俺がそう言うと、彼女たちはベッドの上に仰向けになった。

「旦那様……」

「クラウス……」

「誰でも、好きに抱いて下さい」

三人はいつの間にか裸で、その肢体を惜しげもなく晒しながら、俺に潤んだ目を向けていた。

魅力的な三人の体を前に、オスの本能がムラムラと湧き上がってくる。

もしくは、一発くらいこのまま三人にぶっかけするのもいいかもしれない。

そんなことを考えていると、仰向けの三人が思い思いにアピールしてきた。

「クラウス、どうしたのかしら？　好きにしていいのよ？」

ゲルトルーデはそう言うと、両手でむぎゅっと胸を寄せ、その爆乳を強調した。

「こっちも、いつでもいいのだ」

レナータは反対に、きゅっと体を縮こまらせ恥ずかしげに言う。その動きは征服欲をそそり、こちらを昂ぶらせてくる。

「旦那様ぁ……私のおまんこに、旦那様のおちんぽをください」

エルナはストレートにそう言うと、自らの割れ目をくぱぁっと押し開いた。

直球すぎる誘いだが、それになびかない男もいないだろう。

「エルナはすごくエッチだな。そんなにこれが欲しかったのか？」

言いながら彼女の腿を掴み、ぐいっと大きく足を広げさせる。

「あんっ」

自ら押し広げ誘っていたそこに、肉棒を沈めていく。

トロトロの蜜壺は愛液を溢れさせながら、肉竿を飲み込んでいった。

「あっ、んっ、旦那様ぁっ！」

蠕動する膣内を、いきなり激しい腰使いで犯していく。

エルナのアソコに、ご主人様のカタチをしっかりと刻み込んでいった。

「ああっ、やぁっ！　旦那様、いきなりそんなに奥までぐりぐりしちゃダメぇっ！　イク、イっちゃいますっ！」

彼女はそう言いながらも、俺の腰に足を回して、しっかりと奥まで届くよう咥えこんでくる。

いわゆる、だいしゅきホールドだ。

「旦那様、旦那様の子種汁、私の子宮にいっぱい注いで下さいっ。濃厚種付けセックス、たくさんしてくださいぃぃっ！」

はしたない彼女の懇願に、俺は猛った肉棒で応えた。

蜜壺をかき回し、子宮口に荒々しいキスをする。

「きゃうっ！　旦那様のおちんぽ、赤ちゃんの部屋をゴンゴンノックしてますっ！」

じゅるっ、ずちゅっ、と卑猥な音を立てながらのピストン。

もともと焦らされていたこともあって、限界はすぐに訪れる。

「ああっ、旦那様、旦那様ぁっ！　あぅっ、もう、もうっ！　んぅぅっ！　イクッ、イクイクッ、イックウゥゥウウゥゥッ！」

ビュルルッ！　ドピュッ、ビュクンッ！

「いうぅぅうぅっ！　お腹の奥、精液びゅくびゅくあたってるぅっ！」

ぴっとりとくっついた状態でのゼロ距離射精。

俺の精液は彼女の子宮を埋め尽くし、溢れるほどに跳ね回った。

「あぁ……旦那様ぁ……旦那様のお子種が、私の中にいっぱい……」

エルナは愛おしそうにお腹を撫でる。

ゆっくりと引き抜くと、圧力の差なのかこぽぉっと卑猥な音がした。

「クラウス、次はわたしなのだっ！」

「うおっ」

「あっ、レナータ、ずるいですわっ」

レナータがその小さな体で俺を押し倒し、そのまま跨ってきた。

そしてまだ天を衝くほど元気な肉棒を掴むと、そのまま自分の中へと導いてくる。

「んっ、うっ……クラウスのおちんちん、毎回大きくなってる気がする……。うぁ、おちんちんの形、はっきりわかるね」

騎乗位でつながったレナータだが、彼女の体が小さいせいか彼女のお腹にはぽっこりと俺の肉竿が浮き出ていた。

とても背徳的で、淫靡な光景だ。

俺は思わず、その浮き出たお腹を優しく撫でる。

「こんなになって、辛くないのか？」

そう尋ねると、彼女はその幼さに似つかわしくない、妖艶な表情を浮かべる。

「むしろクラウスに埋め尽くされて、幸せ。それに……」

彼女が軽く腰を振ると、襞が一斉に絡みついて肉竿を責め立てた。

「ガチガチの凶暴ちんぽ、とても気持ちいいのだ」

「そうか。おぉっ」

安心しかけたところで、レナータは本格的に腰を振り始めた。

彼女のおなかを見ると、中の動きがよくわかる。

レナータが腰を浮かすのに合わせ、肉棒が離れてへこむ様子と、下ろして肉棒が浮きあがるのがはっきりと見えた。

「んぁあっ！　クラウス、あぁっ、らめっ、そんなにおちんぽびくびくさせないでぇっ」

淫猥すぎるぽっこりおなかのせいで、肉竿がとてもわかりやすく反応してしまう。

俺はその興奮に合わせて、下からズンズンと荒々しく彼女を突き上げていった。

「あうっ、クラウス、いつもより乱暴でっ……」

「つらいか？」

「ううんっ、気持ちいいっ！　クラウスのおちんちんに乱暴にされるの、おまんこズブズブされるの気持ちいいのぉっ！」

「それは良かったっ！」

「んあぁぁっ！」

彼女が体をのけぞらせ、嬌声を上げる。

体を反らすと、肉棒の形に浮き出たお腹がより強調され、背徳的なエロスに拍車をかける。

「角度を変えて、これでどうだ？」

「ひゃぁぁっ！　あっ、らめぇ、おかしくなりゅ、おかしくなりゅからぁっ！　んはぁぁっ！　ひゃぅぅぅううっ！」

せっかくなのでお腹側を意識してごりごりと動かすと、レナータはビクンビクンと何度も体を震わせる。膣道全体がぎゅぅっとペニスを締め上げて、快楽を送り込んでくる。

「あうっ、イクの止まらなくなっちゃうっ！　クラウス、クラウスぅっ……！」

キツキツのおまんこ咥えこまれて、俺のほうも限界が近い。

ラストスパートで、一気に腰を突き上げていった。

「あぅぅっ！　イクッ、おまんこイクッ！　あぅぅっ！　またイッちゃうっ！　イクッ、んはぁぁあああっ！」

彼女の絶頂に合わせ、俺もその膣内で射精する。

騎乗位という体勢も関係ないほどの勢いで飛び出した精液が、彼女の中を白く染めていった。

「あぁ……クラウス、んぅ……」

連続絶頂の疲れもあったのか、レナータはぐったりと俺に倒れ込んできた。

その小さな体を受け止め、肉棒を引き抜く。

彼女をベッドに寝かせると、俺はゲルトルーデへ向き直った。

「ませたな。四つん這いになってくれ」

「は、はいっ！」

嬉しそうに応えたゲルトルーデは、すばやく四つん這いになり、その丸みをおびたおしりをこちらへと突き出した。

そこはもう十分に潤っており、肉棒を求めてヒクついていた。

「待ってる間、自分でいじってた？」

「あっ……えっと……」

ゲルトルーデが言いよどんだので、俺はその秘裂をくちゅくちゅと手でいじる。

「ひうんっ！　はいっ、いじってましたわっ。ん、あぅっ！」

可愛らしく即落ちしたゲルトルーデをよしよしと撫でてあげる。

「あぅっ！　あっ、クラウス、んっ」

撫でたのはクリトリスだ。

彼女は体を震わせながら、腰を動かして快楽を求めてくる。

俺はその秘裂に肉棒をあてがった。

「クラウス、あぅっ！」

すると彼女は自らおしりを動かし、肉竿を蜜壺へと飲み込んできた。

「そんなに我慢しきれなかったのか？」

エロすぎるゲルトルーデに興奮しながら尋ねると、彼女は小さく頷いた。

「ふたりがクラウスのおちんぽで感じさせられてるの見てっ、んっ！　わたくしも、あぅっ、いっぱいほしいって、きゃうっ！」

話している最中にも抽送をしていたおかげで、ところどころ色めいた声が漏れていたが、彼女は正直にそう話した。

「そうか。それじゃ、ゲルトルーデもいっぱい気持ち良くしないとな」

「うんっ、ひゃうぅぅ！」

宣言と同時に、荒々しく腰を振っていく。

パンパンパン！　と肉がぶつかる音が響いた。

「あっ、んぅぅっ！　クラウス、わたくし、もうっ、んはぁぁぁぁあっ！」

彼女が体をのけぞらせ、絶頂する。しかし一度の絶頂くらいでは止まらない。

「んはぁっ！　イってる、イってるのにぃっ！　ひうっ！　あっ、あああっ！　そんなにパンパンしたららめぇっ！」

じゅぶ、じゅぼっと蜜壺が音を立てる。

膣襞はきゅっと締まって肉竿に絡みついてきていた。

その中を激しいピストンで犯していく。

「あふっ！　ひゃうっ、あっ、あああぁっ！　らめっ、もっ、イクッ！　またイクッ！　ああっ、ひゃぅぅううぅぅっ！」

ドピュッ！　ビュルルルルルッ！

「あぁっ！　あっ、あぁぁ……」

ゲルトルーデの絶頂に合わせ、その中で思いきり射精する。

欲望の種を吐き出し、ずるりと肉棒を引き抜いた。

「あぅ……クラウス、んっ……」

彼女もぐったりとベッドの上に倒れ込む。

しっとりと汗をかき、その体を様々な体液で汚した美女たち。

彼女たちに強く求められるのは、男冥利につきる。

「旦那様……」

目を覚ましたエルナがゆったりと身を起こして俺に抱きついてくる。

柔らかく温かな彼女の体を、俺もそっと抱きしめた。

そのままベッドに倒れ込むと、レナータとゲルトルーデも俺に抱きついてくる。

三人の美人妻に囲まれるハーレム。

これからも続いていく最高の暮らしに幸せを噛み締めながら、オレはゆっくりと眠りに落ちていくのだった。

あとがき

みなさま、ごきげんよう。愛内なのです。

今回は三人の若妻に愛される、アラフォー領主のハーレムものです。

ハーレム、それも自分より圧倒的に若い相手ばかり、というのはとってもロマンがありますよね。

若くて元気な彼女たちに迫られて、けれど上回る勢いで男を見せていく。そんな夢の展開を意識してみました！

最初からすでに成功し、安定している領主の立場。主人公を大好きな若妻エルナとスローライフを送っていると、エルフの森に異常が発生し……。

というところから、妻が増えていき、ハーレムになっていきます。


最初からラブラブな正統派若妻のエルナ。彼女は普段は控えめでおとなしいけれど、夜はとっても積極的に乱れるという理想の美女です。

特に一章は、ほとんどふたりきり。「旦那様」と呼んで慕ってくる彼女とのイチャイチャをお楽しみください。

二章で登場するエルフのレナータは、ギリギリ（？）な幼妻です。

森の中で育ったこともあり、ちょっと無邪気で無防備な、ロリ巨乳エルフです。

最後のヒロインはゲルトルーデ。彼女はわがまま姫として王都では恐れられており、最初は主人公にもわがままを言うのですが、実は意外にも……という感じになっております。

そんな三人の若妻に囲まれて求められる、夢のようなイチャイチャハーレム生活を、お楽しみ下さい。

そうそう、今回は少しだけれど水着シーンを入れてみました。夏といえばやっぱり水着、ですよね。海なんてずっといけてないな、という感じなので物語の中でくらいは、ボートデートを書いてみました。海じゃなくて湖ですけどね。

せっかくなので、他の作品でもちょっとずつ季節ネタとか入れたいなと思っています。

……できるかな？　がんばります。

挿絵の「あきのそら」さん。ご協力、本当にありがとうございます！

三人とも、とても魅力的に描いていただいて嬉しいです。

特にエルナの正妻力！　正統派の美女はやっぱりいいものですね。もちろん、エロフのレナータ、わがままお姫様のゲルトルーデも、とても素敵です！

またぜひ、機会がありましたら、よろしくお願いいたします！

それでは、次回も、もっとエッチにがんばりますので、別作品でまたお会いいたしましょう。

バイバイ！

二〇一八年一〇月　愛内なの

キングノベルス
転生《てんせい》アラフォー領主様《りょうしゅさま》は
ハーレムつくって静《しず》かに暮《くら》らしたい
〜知識《ちしき》と権力《けんりょく》でのんびりスローライフ！〜

2018年 12月 14日　初版第1刷 発行

■著　　者　愛内なの
■イラスト　あきのそら

発行人：久保田裕
発行元：株式会社パラダイム
〒166-0011
東京都杉並区梅里2-40-19
ワールドビル202
TEL 03-5306-6921

印 刷 所：中央精版印刷株式会社

KN063

ダンジョン最強は宿屋のエロ店主
～お代はエッチにいただきます！～
成田ハーレム王
Narita HaremKing
illust: あきのそら
ようこそ美少女冒険者！
誰でもデキる、
ラスダン攻略法
あります！
ラスダン前で宿屋を営む転生者アレックス。魔法の実力も最強レベルだが、質の高いサービスが自慢の宿を店主として大切に守り抜いている。冒険者たちに感謝されつつも、魔王城前という立地で、なかなか宿泊客は来ない。そんな彼の楽しみは、女剣士の常連客や新人ウェイトレスとの特別コースで……。